吉田幸一編

影印本

百人一首抄

〈宗祇抄〉

笠間書院刊

凡例

一、「百人一首」は、定家自筆の小倉色紙に後人が作者名を加えて、整理して順序を立て、成書にしたから、百首が過不足なく伝わったのであるが、後世に流布する源は、室町時代の初期にすでに成立していた古注によるところが大であったと思う。その古注の相伝聞書が、江戸時代にいわゆる「宗祇抄」とか、あるいは「祇注」と称されたものである。その『宗祇抄』は、二条家の正統派の注である関係上、江戸時代から盛んになった「百人一首」の注釈書には、これに対してかなり批判的な向きもあり、また現今の注釈的研究から見れば、幾多の問題を含んでいると思う。それ故にこそ、「百人一首」の講読は、この古注から出発する意義があると考える。

一、いわゆる『宗祇抄』には、写本といい、版本といい、伝本ははなはだ多いが、ここに、比較的に流布の基になったと思われる元和寛永中（一六一五―一六四三）刊古活字版の一本を底本にして、縮小影印した。

平仮名古活字版を影印した主な理由は、印刷文化史上における意義はいうまでもないが、その書風が、本阿弥光悦風の真を伝えた活字印本であるという点にある。光悦（一五五八―一六三七）は桃山時代から江戸初期にかけての芸術の巨匠で、書においては近衛三藐院《みゃく》、松花堂昭乗と並んで、平安三筆と称された人で、自ら版下を書き、あるいは表紙の料紙に装飾を加えたものがあり、それを世に光悦本（嵯峨本ともいい、古活字版の中の豪華本）という。

一、底本と同系統本たる応永十三年藤原満基奥書本「百人一首抄」との主な校異を頭注した。

(イ) 校異の掲出は、上に底本、下に応永奥書本を、互いに相異する部分を、「ほん―もと」の如く、対照的に示した。

(ロ) 漢字と仮名との相異、例えば「はんへり―侍」、また漢文体とそれに相当する文体、例えば、

「思はかりあるへきものなり―可有思慮者也」

の如き類、つまり異なった読み方をされないと思われるものは、掲出から省いた。

一、百人一首の各初句の上に、配列順序を示す歌番号を加えた。

一、このたび、出版社から重版希望の由を申越されたので、これを機会に、底本を架蔵本に取替え、また頭注欄の誤りを改訂することとした。

一、終りに、応永十三年満基奥書抄との校異の訂正については、野中春水先生から多大の御教示を賜わった。記して厚く御礼申上げる次第である。

昭和五十七年三月三日

目次

後鳥羽院「人もをし」の小倉色紙

「墨美」第 129 号より

解　説

一、小倉色紙の染筆と「百人一首」の成立

世に「百人一首」と称されているのは、藤原定家（一一六三―一二四一）が、小倉山庄で百人の秀歌各一首を選んで、百枚の色紙に書いたもの―これを小倉色紙という―が、のちに冊子に転写されて成書となり、「小倉山庄《(椋)》色紙和歌」または「嵯峨山庄色紙形」などと題せられて伝わるうちに、誰いうとなく「百人一首」と称するようになったらしい。そして、この俗称は一般化されたが、現存文献では室町時代初期以前に遡るものを見出すことはできない。

「百人一首」は、実は一人一首づつの百人百首である。それが流布にともなって固有名詞化したものの、次第にそれに倣った異種百人一首（新百人一首、武家百人一首、ほか多数）が現われて来たので、今度は逆に普通名詞化をたどった関係上、それらと区別する意味で、「小倉百人一首」または「小倉百首」と呼ぶようになった。小倉山庄は、京都市右京区嵯峨の小倉山の麓にあった厭離庵のことである。定家は、父俊成の邸が五条辺にあったので、幼時はそこで育ち、長じてからは幾度か転々と数ケ所の邸宅を構えたようであるが、二条京極邸は京住居の中心だった。そして、閑居の地を嵯峨に定めたのは、承元元年（一二〇七）のことで、『明月記』の同年四月廿七日条に「自二三月一、以二嵯峨一為二

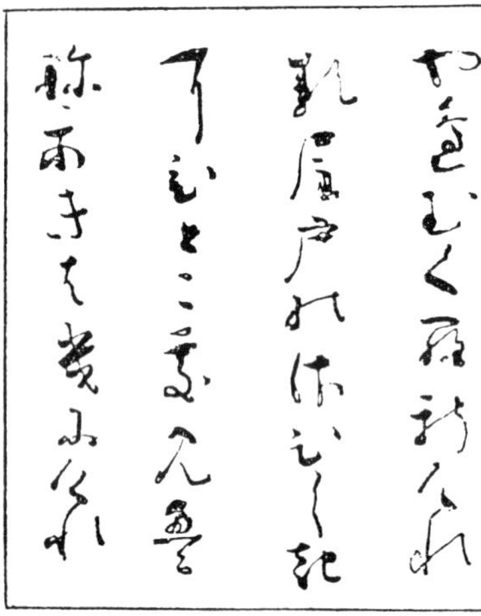

小倉色紙（集古十種より）

本所」とある。時に定家四十六歳。以後、定家は仁治二年（一二四一）八十歳までの生涯を、主としてこの山庄ですごしたようである。

小倉色紙は、定家の最も晩年の書跡である。色紙に歌一首を一面に四行書きにしてある。歌だけで、作者名などは記してない。文字は一字づつ書き並べ、連綿体は少なく、筆太な独草体である。運筆には生彩がなく、遅渋凝滞しているが、重厚な風格をおび、枯淡な趣があって、定家独特の典型的な書風をなしている。この色紙は、後世に非常に重んぜられ大切にされて、いろいろな逸話を生んでいる。江戸時代になって、小堀遠州（一五七九—一六四七）の見聞記『玩貨名物記』にその所有者とともに二十七枚（二十七首）があげられている。それによって、寛永頃（一六二四—四三）の所在を知ることができる。ついで、松平定信（一七五八—一八二九）すなわち白河楽翁編の『集古十種』（寛政中刊）に三十三首を、これには原寸大に実物による木版の複製を載せているから、江戸後期の所在とともに定家の筆蹟をそのまま見ることができる。ただし、それによって、定家自筆かどうか疑わしいものもまじっていること、また、色紙に模様のあるもの、白紙、反故紙などの区別もわかる。その後、近代になってから発見された定家真蹟の色紙に「ちぎりきな」「あらしふく」（以上は、平凡社刊「書道全集」）、「人もをし」（「墨美」一二九号昭三八・7月号）などがある。

では、小倉色紙は、定家がどういう動機で、いつ書いたものかというと、『明月記』嘉禎元年（一二三五）五月廿

七日条に、

予本自《モトヨリ》不レ知下書ニ文字一事上、嵯峨中院障子色紙形、故《コトサラ》予可レ書由、彼入道懇切、雖ニ極見苦事一憖《ナマジイニ》染筆送レ之、古来人歌各一首、自ニ天智天皇一以来、及ニ家隆雅経一

とあるのが、それにあたる。すなわち「彼の入道」とは、定家の嫡男為家の妻の父で、関東の豪族である宇都宮頼綱（蓮生入道）のことである。頼綱が嵯峨の別荘の障子にはる色紙に、古来の人の歌を各一首選んで書いてほしいと、しきりにいうので、断わりきれずに承諾して染筆し、これを送ったというのである。その当時は定家は七十四歳で、中風であり、その上、前々から自ら盲目と書いているように、視力が非常に衰えていた。しかも、自分はもともと書道を専門的に習ったわけではない。極めて見苦しいことと承知しながらも、染筆したというのである。そうした肉体的な悪条件が、そのまま筆蹟の上にあらわれていることは、いうまでもない。それと、この小倉色紙が、定家最晩年の筆蹟であることが、嘉禎元年の揮毫であることを、何よりも証明している。

それでは、定家はその百人の歌人の歌を、どうして選んだか。つまり、揮毫に先立ってどんな準備をしたか、というと、『百人秀歌』をまず撰したらしい。これは、先に撰した『近代秀歌』や『二四代集』などから大多数を選歌したものである。この本は、伝本が宮内庁書陵部本と久曽神昇氏蔵本（日本歌学大系第三巻所収）とがあり、久曽神本は奥書によって、冷泉家の古本を以って、藤谷為信が書写した本だというから、定家撰は間違いない。本書の内容は、天智天皇「あきのたの」から入道前太政大臣（公経）「はなさそふ」までの百一人百一首で、これを「百人一首」と比較すると、歌の配列順序はかなり相違するけれども、歌そのものは九十七首が一致し、「百人一首」にある

74　うかりける人をはつせの山おろしよはげしかれとはいのらぬものを　　源俊頼朝臣

99　人もおし人もうらめしあちきなく世をおもふゆへにもの思ふ身は　後鳥羽院

100　百しきやふるきのきはの忍にも猶あまりあるむかしなりける　順徳院

の三首がない代りに、

後　よもすからちきりしことをわすれすはこひんなみたのいるそゆかしき　一条院皇后

新　春日野ゝしたもえわたるくさのうへにつれなくみゆるはるのあはゆき　権中納言国信

金　やまさくらさきそめしよりひさかたのくもゐにみゆるたきの白いと　源俊頼朝臣

新　きのくにのゆらのみさきにひろふてふたまさかにたにあひみてしかな　権中納言長方

の四首がある。つまり、俊頼だけは歌が相違していることになる。次に、作者名を見ると、『百人秀歌』では、家隆が「正三位」になっていることから、本書の成立は、貞永元年（一二三二）十月以降嘉禎元年九月以前（家隆の正三位であった期間）ということになり、また『百人秀歌』は『新勅撰』の歌を含むので、『新勅撰』の最終成立時期たる嘉禎元年三月以前ではあり得ない。かくて『百人秀歌』の成立年代は、嘉禎元年三〜九月の間に短縮されることになる。（以上、久曽神氏説による）ここで考えねばならないことは、蓮生入道から百首の揮毫をいつ頼まれたか、ということである。それについては、『明月記』その他に何ら記載はないけれども、嘉禎元年五月一日の条に、午後、中院より頻りに招請され、為家とともに訪ねて連歌を行なって来たことが記されている。按うに、おそらくその時、蓮生から頼まれたのではなかろうか。したがって、定家は揮毫の材料として、早速、選歌の準備にとりかかり、草案の作成をしたものと思う。そして幾日かかかってできた草案が、『百人秀歌』であろう。そのように推定する理由は、『百人秀歌』の成立年時が、色紙の準備期間と合致するからであり、また、その草案とそれを揮毫した小倉色紙の敦忠

「あひみての」の第四句「むかしはものも」が一致しているからである。

しからば、定家は百一首の『百人秀歌』を草案として、そのまま色紙に百パーセント揮毫したかといえば、そうではない。おそらくは染筆進行途上において、作者と歌の入れ替え（俊頼は歌だけの入れ替え）を若干行なったものと思う。なぜならば、揮毫にあたり、草案の百一首を百首にせねばならないことを意図していたと同時に、草案には入れてなかった後鳥羽院と順徳院を加え、前記三名を削除したからである。俊頼・順徳院の小倉色紙が『集古十種』にあり、後鳥羽院の「人もをし」の真蹟色紙が今日に伝存していることは、こうした改訂の結果を証明していると同時に、小倉色紙の揮毫完成時の姿をも示していると考える。

これを要するに、嘉禎元年五月の定家の色紙揮毫は、『百人秀歌』を草案としつつ、百人の歌人の百首を過不足なく書くことを意図して染筆しつつ、その途上で若干の改訂を施して出来たものであり、それが小倉色紙百枚であると思う。そしてさらに、その色紙の歌を書き取って作者名（官位をも）を加え、配列順序を整えて成書にしたものが「百人一首」となったのであるが、その作業をしたのは、後鳥羽院と順徳院の御諡号決定（仁治三年）以後のことでなければならないから、それは定家没（仁治二年）後のことであり、したがって、「百人一首」の成書は、定家以外の後人の仕業ということになる。『宗祇抄』序に、「（百首は）為家卿の世に、人あまねく知る事にはなれりとぞ」と書いている。もしもこの伝えが正しいとすれば、成書は為家の仕業であろう。しかも、「百人一首」の作者付は、『百人秀歌』の記名様式をそのまま襲用しているから、冷泉家の秘庫に伝来した『百人秀歌』の使用は、二条派の人々では不可能であったはず。とすれば、これもまた、為家の作業でなければならない理由となる。

二、いわゆる『宗祇抄』の成立

「百人一首」の伝来上における消息は、室町時代の初期までは空白で、詳しくはわからない。為家の孫二条為世の弟子である頓阿（一二八九―一三七二）が、『水蛙眼目』跋に

年頃先達にも尋申し、古き物をも見侍れば、先づ高く麗しき姿をもて第一とすべきにや。……後堀河院へ書進ぜられたる秀歌大体、梶井宮へ進ぜられたる詠歌大概、各数十首古歌をのせられたる、ただ麗しき一体なり、又嵯峨の山庄の障子に、上古以来歌仙百人のにせ絵を書て、各一首の歌を書きそへられたる、更にこの麗はしき体の外、別の体なし

と述べ、高く麗しい体を理想の体とする主張の一節に、色紙和歌が取上げられている。これでは、「百人一首」という書冊になっている様子は見えない。またこの一節（跋文）を書誌学的には、延徳元年（一四八九）以降の後補部分と見る説もあるから、信憑性は疑わしいけれども、たとえ伝説的であるとしても、百首が二条派歌学の重要文献の中に加えられていた意味において、見逃すことはできない。

ところが、頓阿没後約三十四年の応永十三年（一四〇六）仲夏下旬に藤原満基が奥書を記した『百人一首抄』のあることが紹介された。（有吉保氏「語文」第一輯論文）それは、内題には「小椋山庄色紙和歌」とあって、内容（序文も本文も）は、文明十年（一四七九）奥書の『宗祇抄』とほとんど同文である。それによって、『宗祇抄』と同じ古注が、七十二年も前から存在したことになり、同時にまた、『宗祇抄』を従来宗祇の著として来たことや、「百人一首」の注釈が宗祇に始まるという説を改めねばならないことになった。そして満基奥書本は、満基が書写者であると考えることも

できる。果して然らば、この「百人一首」の注釈書は、満基以前の何びと（x）の古注ということになる。では、満基奥書本と『宗祇抄』とは、伝流の上で直系的な関係（親子関係）が見出せるかといえば、その可能性はまずないようである。さすれば、この古注は、（x）から満基へ、他方には（x）から宗祇へという伝流が考えられる。まず、

㈠は、満基は二条良基の孫にあたるから、

（x）→良基→師嗣→満基

㈡に、『宗祇抄』には文明十年四月宗祇が宗観（宗長。一四四八―一五三二）に与えた識語（本書古活字版は、明応二年奥書で、伝授の相手を記していない。）に、文明三年（一四七一）宗祇が関東から美濃に東常縁を訪ね、古今伝授を受けた時、ある人の発起で常縁が「百人一首」を講じ、宗祇も同席して聴問聞書を作ったことを記しているが、常縁の祖先東胤行は、定家の子為家の女を娶り、為家の門人となり、歌道の奥義を伝えられたという。常縁はその八代目の子孫で、しかも頓阿の曾孫尭孝の弟子であるから、

（x）→経賢―尭尋―尭孝→常縁→宗祇

という相伝関係が考えられる。かくして、㈠、㈡に共通してこの古注を伝えた源である（x）とは誰かといえば、それは頓阿であろうとすることは極めて自然であるが、もしそうでないとしても、この古注は、頓阿の身近なところから発ったと見ることができる。『宗祇抄』が頓阿流の注釈である所以である。だから従来、この古注を『宗祇抄』と称してはいるが、宗祇自身の注釈ではないわけで、宗祇はこの古注を受継ぎ、「百人一首」を二条派の理想の歌風を示したものとして、これを世に広める為に、相伝の聞書にもとづいて講ずる役割をしたのである。その意味で、宗祇の功績は大であったことに変りはない。

三、いわゆる『宗祇抄』の相伝

「百人一首」の最も早い注釈書としての、いわゆる『宗祇抄』の伝本は、写本・版本ともにその数が多く、その題簽には「百人一首宗祇抄」、「百人一首抄」、「百人一首注」、「小倉山庄色紙和歌抄」など、さまざまに題せられている。しかるに、江戸時代の人が、この注釈書を「宗祇抄」とか「祇注」「祇抄」と呼んだ関係で、『宗祇抄』と称するようになったのであろうが、その原因は、流布の伝本の巻末に、宗祇判による奥書が存したからであろう。しかるに、その奥書本には二種類あって、（イ）は陽明文庫・書陵部蔵写本、『和歌七部抄』本。）

(イ) 文明十年奥書

右百首は、東野州于時左近大夫にあひ奉て、ある人文明第三の年発起し侍し時、予も同聴つかふまつりしを、其比古今伝授の中ばにて、明らかならず侍るを、此度北路の旅行にあひ伴ひ、あらち山の露を払ひ、老の坂の袖をひく心ざし切にして、しかもこの和哥の心を尋給ひ侍れば、辞がたう侍てほの〴〵しるし侍る者也、しかれば、外見努々ゆるすべからず、但、彼野州にあひ給ふこと侍らば、ひそかに見せたてまつり、なにはのうらのよしあしをきはめて、いせの海の玉の光をあらはし給ふべくなむ

宗祇判在（在ナシイ）

文明十年（夏）・卯（四イ）月十八日

宗観（禅師イ）の方へ

(ロ)　明応二年奥書

此一巻は、東野州平つねよりの家の説をうけて、れん〱くふうをめぐらすところに、文明三に同伝じゆつかふまつりしを、其比古今伝じゆの半にて明ならず侍を、旅行に相ともなひ、あらち山の露をはらひ、老のさかの袖をひき、和哥の心をたつね侍れば、なにはのよしあしをやはらめて、伊勢のうみの玉のひかりをあらはしたまひはんべるなり

明応二年四月廿日　　　　宗祇在判

(イ)には、文明十年、宗祇が五十八歳の時、弟子宗観（宗長）に伝授した旨の宛名があり、(ロ)は、明応二年、宗祇七十三歳の時の奥書であるが、両奥書共通の内容は、本書が常縁の百人一首講釈を聴問聞書した旨が（前項で述べた通り）明らかにされていることである。

(イ)と(ロ)の両本の関係は、奥書によれば、(ロ)は(イ)よりも十五年後に成立したことになる。そして、両本の内容は大体同じでも、文章に若干の相違があることは、(イ)本は弟子に伝授のために書き与えた本であり、(ロ)本は、それに比して、若干の増補が施され、文意が通じ易くなっているから、相伝上成長したのであろう。

ところで、宮内庁書陵部蔵、応永十三年満基奥書本「百人一首抄」（内題「小椋山庄色紙和歌」）は、(ロ)本と小異はあるけれども、(ロ)系統本と見ることができるようである。また、本書の底本たる古活字十二行本が(ロ)本に属することは、奥書により明らかである。このようなわけで、この古注は宗祇相伝本という意味に解して、従来の『宗祇抄』の名称を是認しておくこととする。

本書には、まず初めに、「小倉山庄色紙和哥序」と題する次のような序文がある。

(1)それ百首は、京極黄門のをぐら山庄しきしの和哥也、それを世に百人一首と号するなり、(2)これをゑらびかきをかるゝ事は、新古（今）集の撰定家卿のこゝろにかなはず、其ゆへは、哥道はいにしへより、世をおさめ民をみちびくけうかいのはしたり、しかれば、実をこん本にしては、なを枝葉にすべき事なるを、此集は、ひとへに花をほんとして実をわすれたるにより、本意とおぼさぬなるべし、黄門の心あらはれがたき事を、口をしくおもひたまふゆへにや、古今百人のうたをゑらびて、わが山庄にをかるゝものなり

（1）は、中世以来「百人一首」を定家自撰とする説の初見である。京極黄門とは定家（正二位権中納言）のこと。黄門は中納言の唐名。京極は、定家の京中住居の中心が京極邸であったから、居所と官とによって、かく呼ばれたのである。

（2）は、定家が百首の和哥（「百人一首」の母胎）を撰したわけは、『新古今』が、定家の心に叶わず、つまり選歌への不満と実より花を重んじたことにある、というのである。そして、定家の趣旨を歌道の軌範とするについて、「哥道は古へより、世を治め民を導く教誡の端《はし》」というように、儒教的教誡主義と結びつけて、権威づけようとしているのである。いいかえれば、二条派としては、小倉色紙を一部の撰著（百人一首）として、『詠歌大概』や『秀歌体大略』などと同等に扱い、いや、さらに定家の真の理想を示した秀歌抄としての座を占めさせるべく、位置づけようとしていることがうかがえるのである。

(3)此撰の大意は、みをむねとして花をすこしかねたり、其（後）後堀川院の御とき、勅をうけたまはつて、新勅撰をゑらまる、かのしうのこゝろ、この百しゆと相おなじかるべし、十ぶんのうち、実は六七分、はなは三四ふんたるべきにや、こきんしうは花実相対するしうなり、後撰はみ過分すとや、拾遺は花実えたるよしを師説申され

し、よく〳〵それを一しゆ〳〵の建立をみて、時代の風をさとるべきなり、かの新こきんしうをば、なをおきの国の上皇あらためさせたまひし事は、御心にも御こうくはいの事侍なるべし、されば、くはうもんのこゝろあきらかなるものなり

(3)では、「実を旨とし、花を少し兼ね」るという定家理想の風体は、『新勅撰』とこの『百首』の撰に実現されていることを述べている。そして、ここの言説は、頓阿の『水蛙眼目』に

新古今は自余撰者、又御所(後鳥羽院)の御計らひにて、京極殿(定家)の心ならぬ事に侍らん、新勅撰の撰者(定家)の歌十一首、家督(為家)のの歌六首……これ尤も風躰の本と見習ふべきにや

とあるのと符合するから、これを享けたと見ることができよう。なお、『新勅撰』の奏覧（嘉禎元年三月十二日）と小倉百首の染筆（同年五月廿七日）とは、時間的に僅かに二ケ月半を隔てるのみであり、歌人の選び方も両者はよく似ている（『百人一首』の作者百人のうち、六十七人が『新勅撰』に入っている。）ことを付加えておく。

(4)そも〳〵此百首の人数のうち、世にいかめしく思ふものぞかれ、又させるさくしやとも見えぬも入侍り、ふしんの事にや、たゞし定家卿のこゝろは、ひとのおもふにはかはれるなるべし、又こきんの哥よめる人、数をしらず伝(侍カ)れば、世に聞えたる人もるべき事うたがひなし、それはよの人の心にゆづりて、さしをかれはんべれば、しゐてかきおとすにはあらざるべし、さて、世にそれともおもはぬをいれらるゝは、其人の名誉あらはるゝ間、尤ありがたき心とぞ申べからん

(4)は、百首の人選について、世に聞えた人ばかりにこだわらないで、自由に選んだ旨を述べている。それ故、当然入るべくして入っていない歌人もいるし、それ程の作者でない人が入っていたりする。それについて、『榻鴫《とうでん》

暁筆《ぎようひつ》」（一条兼良撰と伝える）にも、「源順と申侍るは、梨壷乃五人、後撰の撰者の随一なるに、此人数にもれたる事はいかなる事にか侍るらん、又源兼昌に堀川院の百首の人数とは申ながら、此人数に入べき程の作者にてもあらざるに、えらび入られたるも又いかゞ」（二十、百人一首ノ条）と疑っているが、しかしこのことは、小倉色紙の草案の為に撰したと思われる『百人秀歌』の奥書に「上古以来歌仙之一首、随二思出一書二出之一、名誉三（之カ）人秀逸之詠、皆漏レ之、用捨在レ心、自他不レ可レ有二傍（誘カ）難一歟」と、定家自らいっていることによって、証せられるであろう。

（5）此百しゆ、黄門の世には人あまねくしらざりける、それは、よのひとのうらみをもはゞかるゆへなり、又主のこゝろにずいぶんとおもふうたならぬもいるべければ、かた〴〵をんみつせらるゝにや、ためいゐきやうのよに、人あまねく知る事にはなれりとぞ、（6）当時もかのしきしのうち、少々残りてはんべるあり、この哥は家に口伝することにて、こうしやくすることは侍らざりけれど、大方の趣ばかりはよめる事になれり、しゐて伝じゆあるべきことなり、このうち、あるはふ代、あるは哥のめで度、或は徳ある人のうた入らるゝなり、此百首は二条家の骨目なり、此哥をもつて、俊成定家の心をもさぐりしりき、と師説申侍し

（5）は、定家在世中には、小倉百首の撰を秘しておいた。それには二つの理由があったが、その子為家の時になって、（百人一首として）世の人にあまねく知られるようになったということを述べている。まず、「百首」非公開の理由の一、「世の人の恨みをもはゞかるゆへなり」というのは、おそらく『新勅撰』の重要歌人（道家、実家、知家ら）の歌を全く採っていないことなどを指しているものと思う。ところが次の理由「主の心にずいぶんと思ふ歌ならぬも入る」というのは、どうも合点がいかない。なんとなれば、「百首」は定家の理想の風体の歌を撰んだものだという二条派歌学の趣旨からも、『百人秀歌』奥書にも矛盾するからである。それ故、のちに契沖から、

入るべきが入らぬもあり、入たるも作者のむねと思はぬも有るべければ（中略）又詠歌大概などに取られぬ歌どもも入りたれば、かならず作者おの〳〵の秀歌の中の秀歌とて選ばれたるにも有べからず、おほくはまめやかなる歌のよきをえらばれたり（『百人一首改観抄』巻上）

と批判されている。しかし、実際には、「百首」は定家の撰著（二四代集、自筆本近代秀歌、秀歌之体大略など）とよく一致していることから、定家の好尚に叶ったものであることは確かであると思われる。

（6）の「当時」とは、この序執筆者の時、すなわち室町初期頃のことか。さすれば、その当時色紙はすでに離散しており、伝わるもの残り少なかったという。かくて「百首」は、二条派歌学の骨目として、口伝として伝えられ、その要旨は伝授されるべきことである、と述べ、さらに、これによって俊成と定家の文学の精神を探り知った、という師説の言葉で序を結んでいる。師説に随順することは、保守的な二条派の態度を示すものとして、理解されるであろう。

四、『宗祇抄』以後のこと

『宗祇抄』の相伝によって、「百人一首」が二条派歌学の重宝とされ、広まったことは、江戸幕府が文治政策の一として、出版を企図する以前に、幾多の写本が存在したことや、三条西公条、九条稙通、里村紹巴、三条西実枝などの「百人一首抄」が書かれたことでもわかる。だが、それらの諸注は、『宗祇抄』に骨子をおいて、前説を受けたり補説したものであって、さほどの新見は見られない。慶長元年（一五八六）には細川幽斎（玄旨。一四三四―一六一〇）の『百人一首抄』が成った。（これを幽斎抄、玄旨抄、玄抄、三巻抄などともいう）時に幽斎は六十三歳。幽斎は二条派歌学を継いだ人であり、その大成者でもあったから、歌学の方で尊ばれたけれども、その内容は『宗祇抄』の祖述にすぎなかった。『幽斎抄』が寛永八年（一六三一）に上木されるにあたって、也足軒中院通勝による作者の略伝、巻末には百人一首作者部類が付けられた。幽斎の歌学は堂上の人々に入るとともに、一方には門人松永貞徳によって地下にも広く伝えられた。こうして『幽斎抄』は寛永版のあとにも版を重ねた上に、頭注本（貞徳頭書百人一首抄）や絵入本（百人一首像讃抄）などの形でも出版されて、その数は十数種に及んでいる。ここにおいて、「百人一首」は二条派歌学の宝典という中世以来の性格から転じて、歌学の入門書、一般的和歌教養書という方向へと、新たな展開を見せることになったのである。「百人一首」が遊技としてカルタに取入れられたのもその表われである。一説によれば、中院通村（通勝の子。一五八八―一六五三）が小倉カルタを京都中立売数屋何某に作らせたと伝えている。さすれば百人一首カルタの源は、寛永後半から慶安（一六三三―一六五一）にかけての頃であろう。また一方に、「百人一首」が学問研究として、中世以来の秘伝的盲従と師説盲信の傾向を払拭するようになったのは、近世国学者の科学的、実証的研究の対象になってからで、すなわち、契沖以後のことである。

以下に、江戸時代における注釈的研究の主なものを列挙しておく。

百人一首抄　細川幽斎（藤孝）慶長八年（一五九六）成（注釈は、ほとんど宗祇抄を踏襲している）

貞徳頭書百人一首抄　加藤磐斎　寛文二年（一六六二）成（本文は幽斎抄。貞徳説を頭注）

百人一首拾穂抄　北村季吟　天和元年（一六八一）成（幽斎抄にもとづく旧注の集大成）

百人一首像讃抄　延宝六年（一六七八）刊（幽斎抄に菱河師宣画く肖像画を加えたもの）

百人一首三奥抄　下河辺長流　貞享三年（一六八六）没（契沖全集附巻『長流全集』所収）

百人一首改観抄　契　沖　元禄五年（一六九二）成（『契沖全集』所収。実証的評注）

百人一首雑談　戸田茂睡　元禄五年（一六九二）成（『戸田茂睡全集』所収）

宇比麻奈備（初学）　賀茂真淵　明和二年（一七六五）成（『賀茂真淵全集』第十巻。旧著「百人一首古説」を補正したもの）

百人一首燈　富士谷成元（御杖）文化元年（一八〇四）成（『富士谷御杖集』第二巻所収）

百首異見　香川景樹　文化一二年（一八一五）成（改観・初学を批判し、鑑賞的立場を重視す）

百人一首一夕話　尾崎雅嘉　天保四年（一八三三）刊（作者の伝記、逸話を主とした通俗的注釈書）

▽最近の注釈書から

小倉百人一首新釈　小高敏郎・犬養廉著　白楊社刊（昭二九・11）B6三〇九p

百人一首評解　石田吉貞著　有精堂出版KK刊（昭三一・4）B6二九三p

小倉百人一首解釈　田中重太郎著　初音書房刊（昭三八・12改訂版）B6一一七p

小倉百人一首　鈴木知太郎著　さるびあ出版刊（昭四〇・10）B6二七九p

百人一首の世界　久保田正文著　文芸春秋新社刊（昭四〇・11）B6二八一p

百人一首〈明解シリーズ〉　井上宗雄著　有朋堂刊（昭四二・12）B6一二七p

▽主な研究論文および著書

小倉百人一首撰修私考　中島悦次　国語と国文学（昭一〇・2）

百人一首宗祇抄について——その著者を論じ百人一首の撰者に及ぶ——　有吉　保　語　文　第一輯（昭二六・1）

小倉百人一首序説　中島悦次　跡見学園紀要　第三（昭三三・3）

百人一首成立の背景——歌仙絵との関係をめぐって——　島津忠夫　国語国文　第三一巻一〇号（昭三七・10）

百人一首——書名、著者をめぐって　有吉　保　日本大学文理学部学叢　第六号（昭三八・12）

小倉色紙と百人一首　吉田幸一　文学論藻　第三十七号（昭四二・11）

『新古今時代』　風景景次郎著　昭一一　人文書院刊、昭三〇・9　塙書房再刊

（「百人一首の再吟味」を収めている）

『藤原定家の研究』　石田　吉貞著　昭三二・3　文雅堂書店刊

（第三編歌論　第二章「真偽が問題とされてゐるもの」二小倉百人一首　の項がある）

『日本歌学大系』第三巻　佐佐木信綱編　昭三八・6　風間書房刊

（「百人秀歌」「百人一首」を収め、久曽神昇の解説を載せている）

『中世歌壇史の研究　南北朝期』　井上　宗雄著　昭四〇・11　明治書院刊

（第三編　第七章文和・延文期の歌壇「頓阿の動向」において、百人一首の成立に言及している）

『百人一首古注釈の研究』　田中　宗作著　昭四一・9　桜楓社刊

（「宗祇抄」以下近世の諸注釈書の詳細な研究書として、当代随一である）

小倉山荘色紙和歌

1 それ―右
2 ゑらひ―えらひ
3 新古集―新古今集
4 は―ナシ
5 ほん―もと
6 や―ナシ
7 をかるゝ―かきをき給ふ

小倉山庄色紙和哥序

それ[1]百首ハ京極黄門乃をくら山庄しきし乃和哥
なりそれを世小百人一首と号けるなりこれをゑらひ[2]
をかるゝ事ハ新古集[3]乃撰定家卿乃こゝろにかな
はさりしゆへんハ新古ハいふへしよわ世をおさめ民
をみちひく事うたいれりしかるにこれハ実をもん
本みてをならを葉りすへよ事なる文武集ハ[4]
ひとへにむねとほん[5]として実をもそひきつるにおよわや
ぶとなかさぬなるへし黄門れんはうりをえしてあ
事をにをしくなりひたまふゆへにや[6]古と百人
れうるをゑらひてわく山庄ありをかる[7]くりのそれ

此撰は大方は1みをむねとして花をはらしたり2 其後堀川院の御とき勅をうけたまはりて新勅撰を3ゑらまるゝの集乃こゝろ後られ百しゆとおなしかるへし。さらん此うち実は六七分ちふは4三四分らん たるへきにや。こきん志うは花実お對する5しうなり6 後撰はみ7過分にや。拾遺は花実えたる8よしを9師説申されしまく。それを10一11しゆく〱は達者を こそ何代は風と情と兼へき12なり。かの13新こきん志うをはなを14隠おきの國は上皇あらためさせ15給ひし 事は情んをも情こうくはいれ事16侍なるへし されはかうしんのこゝろ17後あきらかなるものなり

1 み—実
2 たり—たるなり
3 新勅撰を—新勅
4 は—ナシ
5 する—の
6 なり—なりとそ
7 み過分—実過分に
8 えたる—相かねたる
9 を—をそ
10 それを—その
11 一しゆく〱—一集〱
12 へき—へき事
13 かの—ナシ
14 なを—ナシ
15 させ—なをさせ
16 事—ナシ
17 こゝろ—心は

1 り—る
2 は—ナシ
3 ひとの—世の人
4 は—ナシ
5 又—ナシ
6 よめる人—よみ
7 伝—侍
8 かき—ナシ
9 は—も
10 心—事
11 世—在世

そも〳〵此百首の人数乃うち世にいかめしく思ふ
ものそのみちさせるはくしやとも見えぬも入侍り[1]
ふしんあるにやうし定家卿のちく給ハ[2]ひとの[3]
ありふゆは[4]うはあるあるへし又[5]こきんの哥よめる[6]
人数ともことて伝[7]まは世りやまし ある人となるへき
事ならひかしまハよの人みなしりゆるまて
さしをきまりん画まハ志ねてかき[8]おとすかはわる
さ家へしそ世にうまとものりぬといまらぬ
は[9]る人隠名巻わるもなくるおわりくる心[10]にそ
中へもらん此百首や黄門の世[11]ゆはへ侍まて稀く
あまさわけるそまはよのひとのうしなるもらく

1 をんみつ―蜜
2 り―る
3 少〻―少〻世に
4 こうしやく―諸(講義)
5 よめる―諸(読)
6 て―ては
7 をもつて―ナシ

うたは中人なかみまれうる謂すいふんとありしか
しこそゝぬもりするへけれ達はうらくをんみつせう
ゆゑありやありきやうれす小人ゆま読く知る
事中はなまりきとて當時もそのしき一乃う地
少〻おかくりんへゆはらの所は家に口傳すは
あとすてこうしやくすなしとハ侍らされ定大
すれ趣もうらハよめ教すに飛鳥井てく傳
どもわ家ハ者まちとあわられちわ家は數代わ家を
其のめて度哉を愛あまへ人れうる入らまて家を民百
荷ハ二條家流骨目なり此家をもつて俊成定家の心
をも傳くわもわきと師説ぞ侍し

1 を—かりを
2 たゝしかりいほ—但猶かり庵
3 みち—常
4 なり行—なつて
5 よもきふ—笘
6 くちおはりて—朽はて
7 に—ナシ
8 露たふ/\—露のたうく
9 たまあまりて—をきあまりたることく

てんち天皇御製

1 穐の田乃かりほの庵乃とまをあらみ
わかころもてハ露にぬれつゝ
かりのいほとは一説ハかりほかれ庵一せつには
かりいほかりかれときもをとよむへきよ
とそたゝしかりいほのいかよ露し庵へ来るや
いふ人乃所ハ田守すとあきをよむ事みちれ義や
さて歌乃こゝろハ穐の田乃いほかれをときすきて秋
もすゑになり行はよもきふなともくちおりすて
つ露をふせく事をなさぬまてに露たまりてた
はまりてかり衲のぬれふりしなるこれハまよれ清

1 は—ナシ
2 ましける—ます
3 立—すへ
4 て—ナシ
5 たまひし—給ふし
6 あり—あるは
7 へし—へしとそ
8 これを—ナシ
9 詞しさいなかるへし—詞は巨細になきおほかるへし
10 そ—とそ

述懐の歌なり此きミハ[1]九州におはしまし[2]ける時世をおそきたまひて後りや此世継を立[3]たまふらいの人を若紫て[4]く殺したまひ[5]し事あり[6]天子の歌おもて御身心の事あるハ玉座をもや時もくゆすやとおもひめの歌んなるとき道するわかの作かすてかくごすへし[7]承殊これを[8]しるぬへしられ哥ハ上代の風なり上古ハんふすくなりひける故ハ詞志さいある[9]へしすくく始終を知りふへききちとそ[10]

ちとうてんわう御せい

2 春すきて夏きにけらし志ろたへの

1　は—ナシ
2　はんへりける—侍る
3　の—ナシ
4　たちしきて—立ちらして
5　ゑん—えん
6　は—ナシ
7　かすみのノ下—衣をぬきたるやうなれは白たへの衣とはいへりかすみのアリ

ころもほすてふあまのかく山
この哥ハ[1]春過て夏きにけらしといへはもちたまへれ
すまそしまろしりてす春こゝし[2]りんへわるはやうは
春〳〵さかへ人ハおもふへ夏にや此哥ハかりぬの説也
されハあまのかく山ハうつま山すそ春の霞ハ
霞ふかくおほひかくしてそまとも見えぬか春
の[3]すきぬれハ霞も[4]たちしきてなつのきよられ
山ちかくとも白りみゆるを白妙の衣かほせハ
いふなりかすハ衣のゑん[5]あはいをかなふみ迄
ハとてしろ妙ハ此衣やハ[6]いふといふ人あれ共
ハかなきのこゝろもみなかりぬる山そ此[7]かすみの

し歌もともつていへる詞なりされハもあすきてと[1]
夏きらふ事らし―といふとて見る男になちて大和
乃しとえなる此哥ハ新古今集れふつれ巻歌入
し歌もの人乃哥れゆへなるかくれしるくある事
其心ゆふこめて人ゆゑは[2]わすれにへすと[3]侍わ
し此うるさと歌く定[4]家卿歌に大井川うりしぬ
いせ舞をのまさ人あはき小なるとし歌もなすなれ
此[5]哥ハいせ舞りめく体ふ見とよもとは[6]いへ里
これ[7]すてら[8]歌ふへし
なかれもとれ人な
3 ちしひなかれ山なる乃尾れたへなかれお[9]れ

1 と―といふも
2 は―ナシ
3 と―とそ
4 定家卿歌に―ナシ
5 此哥―定家卿此哥
6 は―ナシ
7 これ―此等
8 こゝろふへし―可得其心也
9 お―を

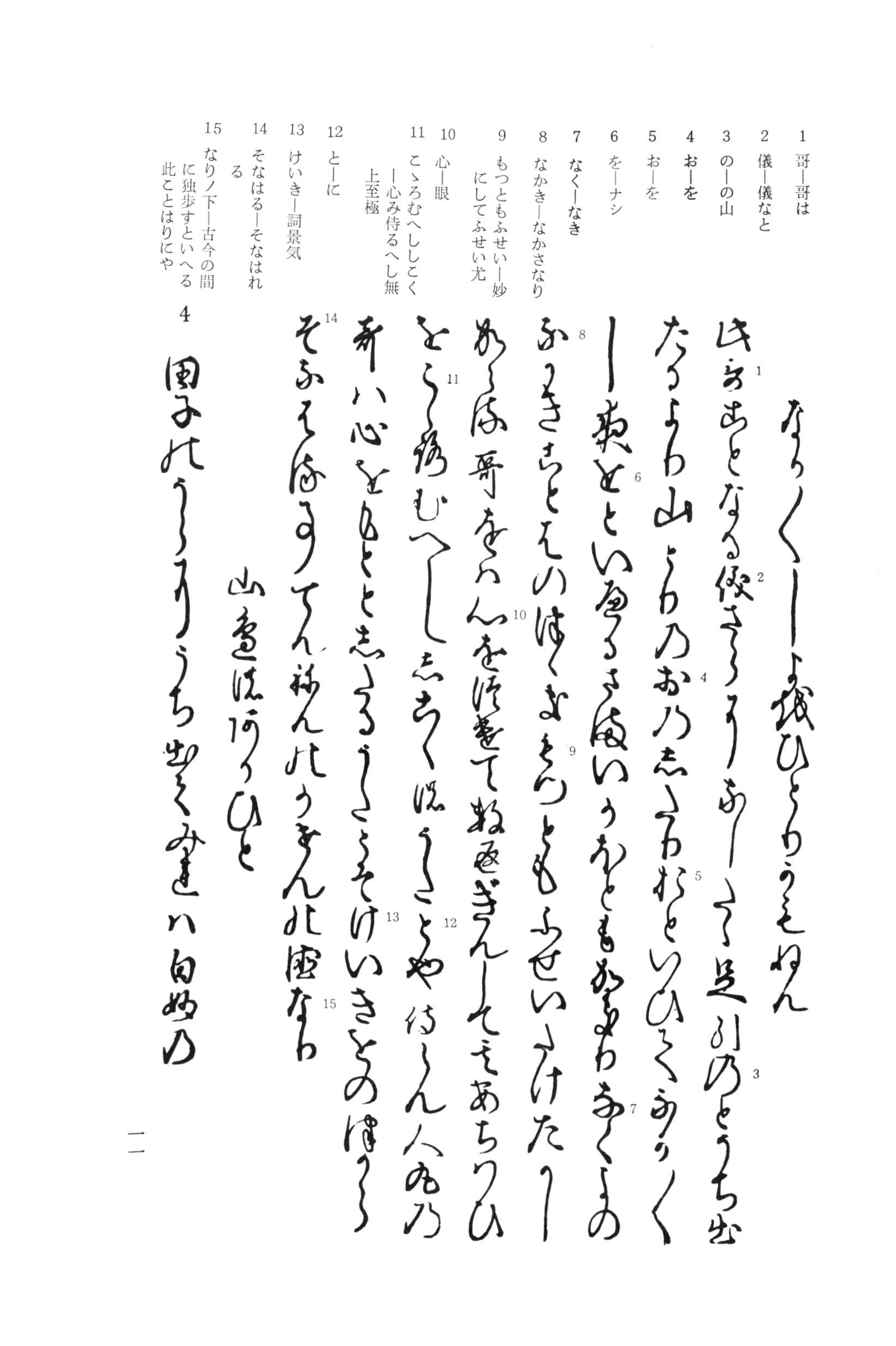

1 哥―哥は
2 儀―儀なと
3 の―の山
4 お―を
5 お―を
6 を―ナシ
7 なく―なき
8 なかき―なかさなり
9 もつともふせい―妙にしてふせい尤
10 心―眼
11 こゝろむへししこく―心み侍るへし無上至極
12 と―に
13 けいき―詞景気
14 そなはる―そなはれる
15 なりノ下―古今の間に独歩すといへる此ことはりにや

4

妙一れいう録り雪ハかわ情く
られ哥は四子法うしれ数多花をちらしてくみまを
てふらふかきわなくしてう録さとはをよもぬよ
かしれぬうちの雪をみるん[1]をおりひりまてきん
みすやし海香れあるこゝろあすあるうちの乃ゆきさ
のしろ[2]ふへなるあるうし[3]小色の事なくてきさ妙
もろわをいひのへるる事尤貴ぬなるにいう赤人
のうたをはたそふもうあの[4]あやしきめうなる[5]と
いゐる[6]うさ[7]妙乃んあわな玻らの雪ハ深情くとい
へるわよせいう豪王なし当ゐめう[8]北らとりるを
ねりふへし

1 を—の
2 しろ—ナシ
3 うた—詞
4 の—に
5 めうなる—たへなり
6 る—り
7 うた妙—玄妙
8 当ゐめう—当位即妙

さるまるたゆふ

おく山のもみちふみわけなく鹿の
こゑきくときそ秋ハかなしき

此歌ハおくやまをといへる尤うんさんなる鹿深く
ありけりて人も山なとハ何かハあるし鹿山のうけを
このうそ鹿ハむかしのなれ俊恵か哥か　立田山
こすゑ色りて小なるまて山くもちれは越よく
なるゝれといへるまて心えへし　さてうら鹿を鹿
ふかくなりはてゝ深山のもみちもちりたけるを
ふミ分て鹿はうちまひ鳴〳〵たる秋ハいふかく
かなし其心あはれみ秋ハ世間のあきなる歟史人に

1　は—ナシ
2　尤—所尤以
3　山の—深山の
4　か—ナシ
5　さて—惣の
6　深山—太山
7　あきなる—秋なり

かきらされハよせいかはかりきこえやはならん然哥
ハ此道のまんたうの儀に侍けん月やあらぬなと
此うたといひきけるとそ

中納言家持

6 かさゝきのわたせるはしにをく霜の
しろきをみれハ夜そふけにける

このかさゝきれりしのすハ七夕にいふ儀ありハ
はしいをはよやうやうけすハきよくハ事の外
大事に侍けれハなを悪心うはふかき人のくらゐ
もけさく秘蔵事なされハつたへありしまん
へらぬ然共のう説ハ定ふかくなれて月もなく

1 かきらす—かきるへからす
2 は—ナシ
3 儀に侍けん—儀にか侍らん
4 うた—うたにこそ
5 の—ナシ
6 に—ナシ
7 悪—やすく
8 くらゐ—信

霜をなくりれる葉霜ハ天よりみちて侍り
侍ゝる深夜なとよおき出ておもはゝりかんせい如
まわあはへりゝす

あ絶れなりの海路

7 侍まのりゝゝわさけみ遠そうすゝなる
みうきれ座まうり出し月うを

これハ中海路せりうらしへ揚あゝりし侍りハ
これ名所ゝ鸚鵡洲ときゝめい州といふ所まてりの国ハ
ひとわり遠をおしみける時月を見そよめ歎とそ
かわさけ見ん遠はとはふわあふあなる彼なわうし歯
まう中はむつさけてといふうちくろふはあわかわ

1 なく—ナシ
2 おもは〻ノ上—此哥をアリ
3 かんせい—感情
4 す—すとそ
5 めい州—めう州
6 いふ—いへる
7 あふき—あふのきて
8 いふ—いふやう

1 あふきは—あふく儀は
2 は—ナシ
3 なり—覧

あふき[1]ハもち論んやされとも此心ハ[2]あるこし人のふうたおしむし論月所よすをわすれてかまわ気もくれわ飛しろ我物のみうき山とふうあ侍くけたるれまろ保手の内小入るるやうなまてはかくいへわくれく此家ハも論こし人のふうるをもともよろしまれつらをもわか國の事をもよくおりひりまて見侍るへ奏するとそうけ高くよせいつ発あし

貴をん法し

8

わか唐ハうやられいふうこ志うそすむ
よ懐うちや海せしひとハいふなり[3]

これ所はいおかうき明石字治山とり人ともわきまへハ

1 やう―さま
2 しゝう―はしめおはり
3 こそ―事
4 の―ナシ
5 心―心を

住けるやう[1]はれんなるおもむきしゝう[2]あらはれ
といへる所ハ世をうち山と人ハいへともとはへき
哥を人ハいふなれといへるところをさしていふや
彼の月を見るに何のさはりの雲かあへるとかける
こそ[3]ものほうしきとゝる月ゆはかくれなきさと
すゑをりしめおりわうしのあはれせハいへわさるも
此雲の[4]かくるまゝするさかなかうにかうり おもしろ
筆永あわこれすてられ所の心[5]ありぬへし

小野小町

9
花の以ろハうつりにけりないたつらに
わか身世にふるなかめせしまに

1 に—ナシ
2 の—ナシ
3 花の色のうつろひぬるなとをうちなけひて—はや花の色は
4 下心—下の心
5 いろとは—色はと
6 わか—ナシ
7 さかり—さかりの
8 る—り
9 なかむる—詠する
10 人にあらそひ—人をうらみ
11 おとろえ—おとろへ
12 と—ナシ

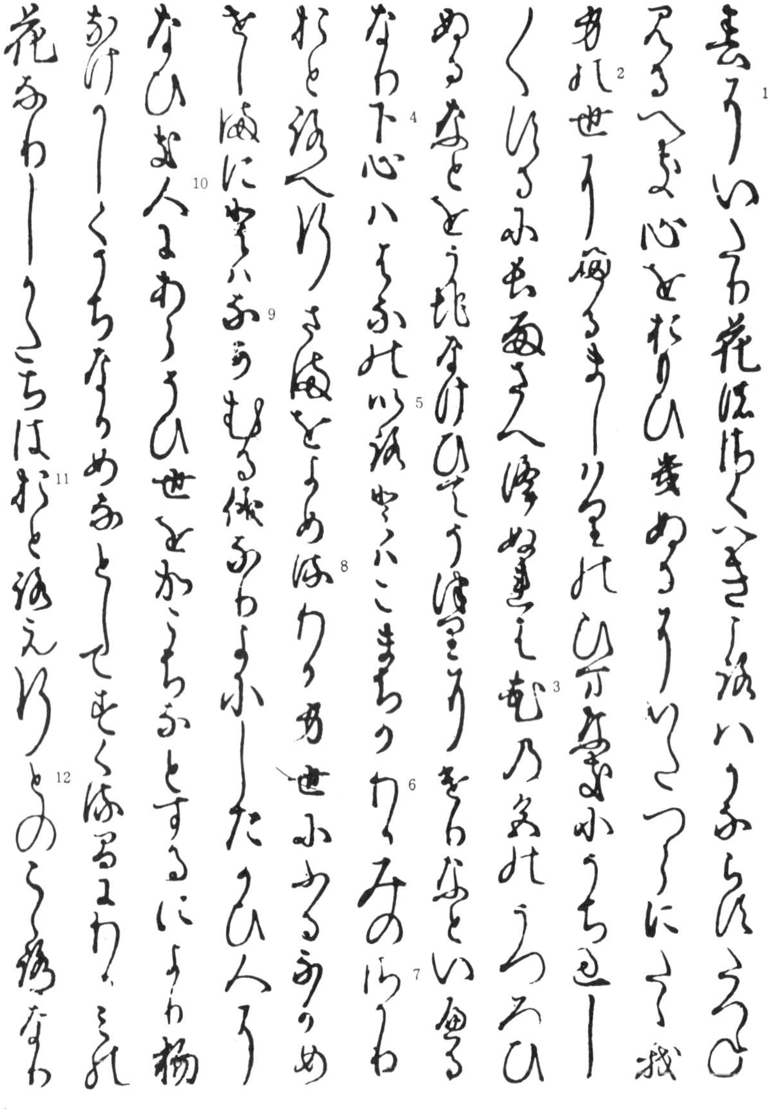

1 なり―ナシ
2 侍へき事にこそ―侍へきにこそ
3 は―の
4 なり―ナシ
5 為しやしやうり―会者定離
6 関はせきを―関は開を

人ことにありぬへきなれはんとゝまれるあくりのなり[1]侍
あとりまて侍[2]へき事にこそ

蝉丸

これやこのゆくもかへるもわかれてハ
しるもしらぬもあふさかのせき

これ哥は[3]すゑきにあふ坂のせきにおほん志侍かな侶る
てすみ侍りけるにゆきかふ人をこそ定なりこれや侍
とはあふさかのせきみおち侍く五文字なりおもてハ
まよかくれわうらハれきぬの仮なり[4]ぬなり下心ハ為[5]
しやしやうりなれハなりゆくもかへるもはてんれハ
なり関[6]ハせきとまねうふく根なり万法一如にきすゑ

さとりをもとむそらの悟なる心のまゝの法身なりけり
此事大小志る人へしらす古今集に此人の哥入る
これすて法と云へしまふなくといへるハけんちよく[1]
ともかくもなかりける[2]きせん法師九歳まてうくぬ十七歳より
こきん乃すりしまる時ハ法門ひしやくよおり
まよひ人法子小わうさ原たんあち語んなる

参議たかむら

11

わたのはら八十嶋かけてこきいてぬと
ひとにハつけよあまのつり舟

これハ仁明天皇の御時さぬき[3]の国へふうき被、
けるとき[4]舩にのりて出るとて京なる人のもとに

1 けんちよく―見濁
2 きせん九歳以下（三行）―ナシ
3 さぬきの国―隠岐の国
4 ときーときに

1 より—に
2 さくい—作者
3 無—なき物也
4 詞書（一行）—ナシ

はかりしけるらし浪ハ五らさの原といひいつしかる
よりはされふつむまや大方はん人ゝふ海路のたひハ
かゝるしほへ奏とましらく風にんとなりてきつぬ
ふえちにこゝろふかく心ハこゝへうらまさはまよなりやそ
しめうけて空ハわすぬはうひへりをはよの糸
此採此んひるなれされい我ありひ此おとゝ行毎の
弱船にちとはく渡なりて いは我に対するをのハ
津まふるもうなりらて波なまゝりのにかくおりひ
とのふる事はくいのうん仏まやませいかなわ無
さうしやうゑんせう
五せ川はまひむめをみてよめ歌

12

あまつ風雲のかよひ路ふきとちよ
をとめのすかたしはしとゝめん
女をいたす事ハよの袖ふる山の事より出くれて
そいまよれまひの1姫をはまおとめふかゝふせわ心
ことは歎にたえのあはれをうんせうれ哥2のやう
なるハまれなるかより3宮家卿4はんかうへわらそ
かあそれはまいひめりこく路をとうく体少はなら
し5てあそひの事をほめてかく6ハよめるなり五7
せつの事天ちてんわうの御時よし野へ天人あま
くたりて五たひ袖をかへしてまひあはれけれは
おこしわ

1 ーのーナシ
2 にーには
3 よりーこそ仍
4 卿ーナシ
5 しーす
6 かくはよめるなりーかくよめりける也
7 五せつの事以下ノ文ーナシ

1 詞書—ナシ
2 ぬる—ける
3 の—ナシ
4 るな—ナシ
5 は—ナシ
6 徳—徳也
7 悪は—あしきは
8 となり—と成也
9 此かは以下ノ文（三行）—ナシ

13

やうせいかん

つりとのゝみこにつかはしける[1]

つくはねの峯よりおつるみなのかは
　こひそつもりてふちとなりぬる[2]

心ハかのゝふおもひそめしことの深おもはく
なるをみつれ[3]のかゝるはもわてふちとなるより
あふ人いへ[4]るなれそふしてハ情欲なりかたれんい
これまて賢きてきゝれ情欲まてあるたる中へ
得るなれ天子乃位こして後[5]はすらしのかをあり
あれはとよ善ハ天下乃[6]徳[7]悪はてんかのうれへ[8]となり
大才乃人をえらんと思ふへきにや[9]此かはすゑ櫻川

へおほるゝるよりハ書物ハ下とも残りて何ゆゑそ
は一つゝへ伝へあつめてすゑのはとなるなり

かはら左大臣

14

みちのくのしのふもちすりたれゆへに
みたれそめにしわれならなくに

上[1]二句ハみたれんしよなり一[2]首の心ハみたれゆへに[3]
の乱そめしわ[4]れにもあらすきゆへよしといふ
ハちと浅なり古[5]今にハみたれんと思ふとあり伊
勢物かたりにハそめにしもあり

くわうかう天皇

仁[6]和のみかと親王におはしけるとき人に

1 上—上の
2 一首—惣
3 にか—に
4 われにもあらす—ナシ
5 古今には以下ノ文（二行）—ナシ
6 詞書（二行）—ナシ

1 有心とは—ある心とは

2 しのく—たへしのく

3 ことからを能く—ことから能

ゐなかなまひける侍るを

15

きこゆるゆめ表れ野よりそくりつふつむ
わうし候もまり雲ハわか侍く
これハる心躰の哥なれは有心[1]とはらう様乃躰成りふ
あわ詞にらぬといふ哥小はかり躰へしよくく
分別すへしれハ雲ハるしるのるさへと数なる者
とありふかく候さし一ありく躰しく躰へきゝりを
しのく[2]よしなる比哥にことから[3]を能く思ふへし

16

中納言行平
たちわかれいなはの山の峰におふる
まつとしきかハいまかへりこん

この哥[1]俊成の俊恵にはまさりかくさますきてよろし
うるさ脈[2]とこそおもへらんとひゐてしる所ゆふ
なんなからそれは明かな殊勝人ことはは随分
給ふんとひふこと殊なる結人を誹るしとおもふんに
といふるうしなり[3]

二條の后の春宮の御やすん所と申ける時[4]
御屏風に竜田河にもみちなかれたる方
かけるを題にてよめる

なりひらのあそん

17
ちはやふる神代もきかす竜田川
からくれなゐに水くゝるとは

1 哥―哥を
2 さる―す侍る
3 なりノ下―此哥のことからを能くおもふへしアリ
4 詞書（三行）―ナシ

心ハ殊勝なれ文ハ[1]神無月なと[2]たつ田河のありさま
もなをまてめつらしきたる[3]事共に水ハた[4]ゝくれなゐ
とをくゝるやう[5]なる興と神代にもきかぬ事ハ
きこえともいへり業平の歌ハ大かたやくにおほまてあと[6]
はかぬとこれハ心しとハみける所を詠中へり
へらるゝあれこれをもつて百首のおもむきを[7]見侍る
つきふしき　かみ[8]代にはあらしやとなん桜花のふ
のかさしに挿あるふあしわけ心かえ

藤原の敏行朝臣

18 すみの江のきしによるなみよるさへや
夢のかよひちひとめよくらん

1 は―ナシ
2 なと―なとに
3 しきたる―しける
4 たゝ―ナシ
5 やうなる―さま
6 ことは― 詞は
7 を―をも
8 かみ代以下ノ文（二行）―ナシ

上二句ハ序[1]なりと藤さん座をいはん[2]とあなかちハ
千はくの事うそ志のふ縁本ハ人目とよく忍侍
りわれかなしくもあれ夢中ハ無くも[3]ありんと
おもへは夢のうちかねも人めをよく忍ふやうの事
こゆるはかくよめり[4]う縁りし余新なり[5]とそ

伊勢

19

なにはかたみしかきあしのふしのまも
あはてこのよをすくしてよとや

此なにはかたハ大やうなるいひくちなる五文字
なれ君しん[6]此五句ありこれハきこえ此すかた[7]なれ
ひりといひ侍めくまんせあるを何れ能くうん無何

1 序なり—序歌也
2 いはん—いひ侍らん
3 も—ナシ
4 り—るなり
5 なり—ナシ
6 君しんノ上—五もしにアリ
7 すかた—形

1 以来—此かた人
2 あまたる—あまりたる
3 ふしのま—ふしのまも
4 おほよそに—おほかたに
5 み侍へからすとそ—見侍るへからすそと
6 恋に以下ノ文—ナシ
7 詞書（一行）—ナシ

すへし歌の心ハおもひうめしより以来[1]よをえんを
もとめむとえなもはくしらぬなもくさきかはハ
ふめて返しかはいみうけもちふまほしく年
月とうさぬまてもそもいかくせんなとおりひあまた[2]
る上にうちあけきそいひ出る哥なとみしるさき
ふしのま[3]しれの此海とはいはうちのもといふうく海
なるおほよそに[4]かやうの哥なとみ[5]侍へからすとそ
恋に[6]初中後あり此哥ハ恋のおはりの心なり

事出きて後京極みやす所につかはしける[7]

もとよししんわう

20 わひぬれハいまはたおなしなにはなる

身をつくしてもあはんとそおもふ
これハ宇多院の御時京極の御やすところに
しのひてかよひけるあらはれて後よみはへりける哥
なけきわひぬる上ハやゝハよろつのおもひたえはてゝ逢る
ことをきといふなれハいまハミあらんともまち
めしたるハおほしなふこうあれはをはつくしの難波の
みんや此哥ハゆふくんのていなりとそたゝ心はいふ
おほよりすうちなかめなともふくゝ難ハはしめし
はへきさまをよくきんえんすへきうたなり

素性法師

21 いまこんといひしはかりに長月の

1 よろつのおもひ―よろつ思
2 又―ナシ
3 身をつくしノ下―てもなをあはんとそおもふといへりみほつくしアリ
4 ていなり―哥
5 たゝ―哥はたゝ
6 は―ナシ
7 さま―やう
8 よく―能々

ほのあけの月をまちいつるかな
有明の月を待いつるん一首の心ははつはしめて
月くを見つわけに濁さん去月の見えり然
ゆくんをよくみあひへてあちもふへ来所あれ定家[2]
のちうふも一首のすゝ小わこすと侍にや

22

ふんやのやすひて

ふくからに秋の草木のしほるれは
むへ山風をあらしといふらん

此哥[3]こきんにもしとはたくみなる歌といへれは
明なる山風をあらしといふに付て文字の義をいふ
ハ嵐を二つに[4]もちひてゝ山の風ハあらき物なれハ

1 いつる—いてつる
2 定家—定家卿
3 哥—哥は
4 に—ナシ

嵐といふ[1]といへり吹からにやハすなはち[2]此心や

大江乃ちさと

23

月みれハちゝにものこそかなしけれ

わか身ひとつの秋にはあらねと

大方[3]あとりわかぬあはれなる我ならハ侍れおもふ秋ハうち

なかむるにも[4]心すゝはされみ[5]すゝむる物なかれ

ハちゝにものこそかなしけれといへり下の句ハ我

身ひとつれやうちなかむる心といひつらんとそおもひわ

の秋にハあらねとゝいへハなかめいふ我身一つ

のこゝろ流秋の様も[6]のこらぬ詞なる

雀部

1 いふと—ナシ

2 すなはち—別（則ノ誤字）

3 大方—大かたに

4 なかむるにも—なかめても

5 み—ナシ

6 も—ナシ

24

しゆしやくゐんならにおはしましける時に[1]
たむけ山にてよめる歌
このたひはぬさもとりあへすたむけやま
もみちのにしき神のまにまに

これハ宇多法皇の御幸ハ法皇の時ともすてくゝ
たまへまらせたまひに[2]賤の字といふ幾あり[3]をもんも
たのみへらすといへる[4]度の字よくか侍[5]とそぬさ
もとりあへすといふにみゆきの後もし幾らも
こゝろされハ山のりみちを其まゝ[6]神に手向て
なむくはんなる君よほうふるなよわわさくしと
おくわみぬ心なりとおそけや南部りあわ女坂

1 詞書—ナシ
2 に—は
3 あり—ありて
4 いへる—いへと
5 よくか侍—能侍るへき
6 其まゝ—そのまゝに

1 おーほ

2 おーほ

3 なりーなれは

をもいつるなるへし

25

三条右大臣

名にしおはゝあふさか山のさねかつら

人にしられてくるよしもかな

名にしおもくやハあふさかのさねかつらと我のけ

さる詞なれはまのつゝハこれとひよと我か心けれん

なをにあはさの我我いはいつくよりくるともしらぬ

物なれそれとく都ふ人世にしられすして

くるよしをられ聖いへるなり此哥ハよとえ傳よく

してさうにあまみなく修わて一誰の斉ところ新

勅撰なとに此風誰乃哥おほくいりまりん画にくよく

くくふうをめくらすへし
ていちんこう

26

をくらやまこゝろもみちたらう給わらハ
いかゝとたひたひ見物きまうさん
これハていちのゝんの大井川小みゆきあかるくの
舞もはわぬへき所ちわとおかせたまふにそれらし
そふせんとやしてかゝとよめまうら給ハの葉に事
とやしえんハ其おそ様あれハもみちにおかせいへ候
事ならぬ宝にや新此やう[1]えんうくとちふ様てい乃
かしく霞こゆ

中川喜之すけ

1 やう―さま

27

みかのはらわきてなかるゝいつみかは
　いつみきとてか恋しかるらん

ふてありふるハいつ見の字のゑん[1]なりか泉河いつみなといひんとあめふれこれも本の[2]なか心ハふるく[3]されやうの人の[4]はハたしはてゝおもひぬるかなるとなけきなりひまひらひまひるくわうて給をめてい見るやみ一かうあひゝるすまなまくをやゝ月つくなりひまひてうちぬしいはあひみしあゝひすてかくらふるうと我んよりふ義とそ[5]んゝつまに[6]かもうされさは類なかるへし[7]
　源乃むねゆきよしかのみん

1 字のゑん―えむの字
2 の―ナシ
3 ふるく―ふかく
4 の―は
5 とそ―そと
6 に―ナシ
7 類なかるへし―たくひなし

1 さひしき―さひしさ
2 もちて―ナシ
3 と―は
4 草木―木草
5 人めもたえぬ―人めたえたる
6 へきとそ―へくそ

28

山さとハ冬そさひしさまさりける
ひとめも草もかれぬとおもへは
このうたハ山里のさひしき[1]をもちて[2]よめるなり
されと[3]山里の冬なとハなほ草木[4]のいろもまた
さかれ人めもかれと冬かなわてハ木葉もおちつく
もみちちり比いとゝ[5]人めもたえぬさまをおもふへき[6]
とそみいとしく春秋ともにさひしき心をよくおもひ
ほくみてみん侍るへきよともいへり

凡河内みつね

29

こゝろあてにおらはやおらん初霜の
おきまとはせるしらきくのはな

1 の—ナシ
2 そふ—惣
3 るい—たくひ
4 る—り
5 侍れと—侍り

おらもやおらんやハかさね詞やりてまさとほしまし
ぬ[1]しすなわそ[2]ふぬうし海ハ志てし菊の節しろく
ゆうわあるハるい[3]あつおかゆるかもつ霜はいたう
深ふるはしあなかとうちあうむまは一しかはされと
細りふよしあかお志を生も幾くなもあもつくあいた
ころことなるへし

みふれうこる

あかあけぬつまなくれしわつまよわ
ゆつたおもろわうおものハなし
壮哥ハありけしての色体んかよめ数[4]えぬハひさ
しもおるそのなまハつまなくむいひ待[5]まとうの

ほまれ多くきこゆるハ人乃事なりけんは人丸もとより
りてよもすから[1]ほつしんをはくしてゆめてありんと
ありなま人はつまなくてもそのまゝもいたくを[2]きんと
ちかりふかくし後あかめの月はあきもふかみを
ふかめはく場陰まなりきひあふ喪ル人[3]はふかわ
ともりく妹冠ハかふしり妹へきりきつくありく
わりふくをおりひまひくこよひけ待りはふもる
世ふうき事八珍しと思ふよりなかか古今集より
ゆつまれ新うほくれきると後鳥羽院定家かつらうに
こうひなまひく体よいつまも比新をゆ申されける[4]
とそいひはふく待る定家ハ[5]是非とれ歌一首[6]よみえて

1 よもすから—終夜《シウ》
2 は—ナシ
3 かへさ—かへるさ
4 ける—たる
5 定家は—定家卿は
6 一首—ナシ

に世はおもひてかせんなとはなをひしとそ
坂上はこれのり

大和国にまかる時に雪のふるを見てよめる[1]

31
あさほらけありあけの月と見るまてに
よしのゝさとにふれるしら雪

此哥ハよの花時はてらふちうふとみりんあるへきなり
ほのかにふる雪ハうす[2]雪にみえつる[3]なるへ
しあかあけは月といへるにまくらへ侍りて
と侍りみえりんあるへきなり

春道つらき

32
山川に風のかけたるしからみハ

1 詞書（一行）―ナシ
2 うす―うすき
3 なる―ナシ

1 やらぬ—あへぬ
2 山—山こえ
3 も—ナシ
4 けふして—興にして
5 あへぬノ下—もみちなりけりとことはれる也なかれもあへぬアリ
6 いへり—いへる也
7 さうの—惣の（コレト同ジ校異、以下ニモアルガ、略ス）
8 の—との

ちりまきをやらぬもみちなりけり
これうさハ志賀れ山まてよめ歌哥ゐきこら猶は
山河なとにおち散れひたも眺くなかれくなり
歌をせ務の色すそらわなるをそふしての猶れのけ
たる志てみちを見いひあしてえそ下るすそかく
みゆ風志てゝ見ハふつまもあへぬもいふハさまり
ひまなくおつる木葉をいへ至ら(う)のうへ語はなる
山とのはのてふもふなるへし風れのけるよしら
三ハ梅しらかりしめそいひけりける故なり
きのとものり

33
ひさかたのひかりのとけき春の日に

1 情―うらみ
2 の声―群
3 草木―木草
4 ちる花―花のちる
5 は―ナシ
6 よく―ナシ
7 へしと―へきとそ

志はらくやすふのちからん
心ハ大方風のはそふかなるともいふうちらんハ
花ハ情[1]もしらぬへまとまして春乃日ハゆふく
とてうしてひさうさハ声も日をわさまうけるハ[2]
あゝ草木[3]ハ以後もみとうなるにちる花[4]をうしなひ
てあはれんなく花ハ咲るらんそハ[5]人のなけきうる
よく[6]ふうすへし[7]と師説侍りし

34

藤原おきかせ

これをかもしるひとりせんたかさの
松をもむかしの友ならなくに
人ハわか身老てなりぬれハよわき友なく

1 あり—ナシ
2 あり—ナシ
3 友—朋友
4 は—ナシ
5 は—ナシ
6 も—も又
7 は—ナシ
8 あり—ナシ
9 とむる—とゝむる

むかし人をあはれハゝみれ世よなかへすをあり[1]哉ハ
さためなちてとゝねもあり[2]いら侍くになりてゝ
ひとりおはす友[3]れうゝ侍るもなきときゝう侍れ
松しまいかしへよりとしころすみその家に侍[4]とおも
へしは[5]まつも[6]むかしのともならなくにうちなけきそ
これをうも志は人ありまんとは[7]いふ家下れんハ
よのすゑれおもと侍へゝるを家けきそよめ里あり[8]と
あはれとハ見る家倒れいはめしきりのまんを
とむる[9]おわかし家侍はなわ
　　　読れつゝゆき

35
人はいさこし路をたつねて帰るらむとは

1 梅花—梅の花
2 か草たか—かくさたか
3 哥—哥の心
4 やとり—たゝやとり

はなそむかしのかにゝほひける
ことつはまうつ瀬にまうつるさとにやとりける人
の家に久しくやとらてほとへて後にいたれりけれは
かの家のあるしかくさたかになんやとりはあると
いひいたし侍けれはそこにたてりける梅花を
おりてよめりけるか草たかになんやとりはひさしく
おとつれは うしろふかくぬやとるもそあらん
とあるをいひいつるなれ哥はやつゝゆきし哥
ゆはよせいむかし哥なれられけるはとは色と里
はるところをよめ歌なる

清原乃深やふ

1 詞書（一行）—ナシ
2 いつこ—いつく
3 かく—能
4 中そら—半天
5 見るに—見れは
6 哥—仍哥
7 詞書（一行）—ナシ

36

月のおもしろかりける夜あかつきかたによめる

なつの夜ハまたよひなからあけぬるを

雲のいつこに月やとるらん

これハさ夏夜よのしはあらすあけぬるをかく

よめはなわんハまたよひとおもへはあけぬるほとに

月ハいまた中そらにもあらんと見るにはやも入

ぬるさまハかくれをみせて雲のいはくみとハかゝらん

雲より月ハなけれとも詞乃あやにいへわ哥なれは

めてたきうたや

うんなれとも會ん

ちんまの清時頼めしくれハ

37

しら露に風の吹しく秋の野は
　つらぬきとめぬ玉そ散ける

風の吹しくハ志きりに吹なり俄なるかせきれといふなれ
つらぬきとめぬたまやハむハいとまそつなくあり
あはれそこしとみうしたるまといゑるふるまと此うたの哥也
このはは秋の野は所せきまて花みちうちはし
そのつゆれおもしろきふ俄なる風のあらくせし
ふきちるまうおもおもちらかなる木葉流つゆりしら
くとみたれちるまゝる玉まもとかくよめ出よく宗い
きこえぬにふくみて見侍る八雲哥なる
すゝん

1 つなく—つなぬく
2 せき—せはき
3 みたれちり—ちりみたれ
4 ふくみ—ふかくふくみ
5 見—ナシ

38

まとらてかなんあまりにらうひて[1]—
ひとれいのちのをしくもあはうみ
これはうて人のうくゝ乃社をうつりくつはらて命も
たゝあんとちりひ[2]する人のへんしたる[3]—するときよめり[4]
心よ明なわうたし かくちるあるひとれをあはきれりと
うしたほしてな残を人をおもふ心尤哀なやうん
さん歌ひかし

39

あきゝにれをのくしのりくしのふ秋と
はすわくなとうひとのうひし身
とはきいの序[5]なわ志のふきとはすわてといふ[6]心尤
世間ある恋乃假あわかやうり思ひくとすゝする

1 ひ—へ
2 ひ—へ
3 へんしたる—かはりたる
4 よめり—よめる
5 序—序の哥
6 いふ心尤—いへる尤心

哥をよくなりひいぬく事もつねも知人ゐるへし
あまねてなをうり心[1]をよく得へし　定家卿の
ふ城さわれ小野のあさち[2]ふにかく家も草葉に
何母徐浪のゆふ暮と[3]られうた[4]とまるあわ

争れうまわ

天徳[5]のうたあわせに

志のふれと色に出にけりわか恋ハ

ものや思ふと人のとふまて

此哥も彼ハ勝なるうへれとふまてそみもなかりける

よとうちあけおもふる心はまされる恋にや

みふれたるへし

1 心をよく―よく心を
2 あさちふ―あさち
3 と―ナシ
4 うた―哥を
5 詞書（一行）―ナシ

1 詞書（一行）—ナシ

2 二—両

3 ゑい哥一代には—詠歌一躰に

4 かはり侍ける—かはりて侍りける

おなし哥あはせに[1]

41 恋すてふわか名ハまたきたちにけり

人しれすこそおもひそめしか

此哥とてんハまへに同し時二[2]首ハうたあはせ

に侍りひたりおもくいすらしまさまゑをそていしと

よむとも侍りひ比類なきよやまさきハしきになれ

ゑい[3]哥一代には前にも頭をなかめいへ候ハし

清原もとすけ

42 ちきりきなかたみに袖をしほりつゝ

すゑの松山浪こさしとハ

事をきかんかはり[4]ける女に人にかはりてよめる

心ハさてもかくうつかハりぬるものをたかひに袖を
しほりて涙こほしと契りける事なとをひこうち
しむるやうにいへる[1]あわれさみえり袖をしほるハ
たかひ[2]みに涙を落しあひぬれのそ涙をハゆく
うらみすしてちきりし―とうらむる心也

権中納言あつたゝ

[3]時平三男母とう雅すむねありしめおち国経妻
後時平むかしとなるにさぬぶおいなわ天久ん
六ねん三月にけうは

43

あひみてのちの心にくらふれハ
むかしハものをおもハさりけり

1 いへる―いへる心
2 たかひ―たかいに
3 伝記(三行)―ナシ

1 ひとに—人を
2 を—ナシ
3 哥—哥を
4 はんへらめ—侍らん
5 此歌以下ノ文—ナシ

ひとにはあひみぬさきハこゝろにしてう一度
れしちあわしとおもふらう様ひとめみれはひすて也
めうとあひみて後ハ名残を人とはすれとおもふ心も
はさわみ世れ人目をもいうへなと思ひ又ハ忍人れ
んもいかくおもふらんうゐひやまんとやあらん
かくやあらんと思ふ心ゆへハむり一すちにあられ
いうへなとおもひハうれあゝぬすとおくりある
なりかやうの哥おもわりしれくんねしんハかい
あきまりしそうはんへらめ　此歌所すくやさしくる
ゐたらもそれんくゝ娘しらくんふう奏哥なわ
中ふぜんともす

おふすけたしてしなくはなかくよ
ひとをたのみとをりしなさうらまし
これもさてあはれまくなふらも[1]なくりんえあちつひ
さうらふかうならへしられ心は人をおもひそめてありしかは
いうふとおり人とも人ハつまあくしてやらし侍を
ほくゆかからふして[2]たまさうにあ色ゆ人兄みとたえ[3]
そてさいとく色かんうらなみなりひの行まゝわふうち
うへしたえくし暁くハかしくみといふなるなれ
古人の新を[4]あまり[5]色んくあるハ山路しく侍るあまた
まうとやうそ[6]ありんとく世くしえまいりつれすを
とはすへりハなれしとらふうたてく[7]侍やくれくすき

1 も—ナシ
2 からふして—からうして
3 とたえ—たえ
4 を—ナシ
5 あまり—あまりに
6 そ—も
7 うたてく—うたてしく

1 は—の
2 かく—ナシ
3 たらさる事—たらす侍

45
を先としてさ候へき人にあひ候ぬへきよう
くんとくよう
何事ともいふへき人ハおもおほえく
おれりさつりなかぬへきようふ
られりふへ事むとハ[1]おもおほえてやハくういの他人れ
事やかくいへるはありれと思ふへき君ハまたま
なそぬまハそれにに世人よこれうさやうにわらん
とおりひまひろかく[2]いへ候事まくくきんえんす
へしとそ我あひておもおほえてといふにたら[3]
さ候事まや
そ袮れうしる

46

ゆ羅のとをわたる舟人かちをたえ
行衛もしらぬ恋のみちかな

ゆらのと[1]なみの[2]あひ瀬とゝ瀬なる[3]へしんハ大海を
渡る船のかち[4]のはなかるゝ世ハ[5]なにかをしなふ
へ幾しとなれは其船のことくかちをも離れあむた
よるへもなくたゝよひて行衛なき事のあはれゆられ
と哉と[6]うち出いふよりおもひをうしいかめしき歌
なをよく[7]思ひわかるへきものなり

恵慶法師

47

八重むくらしけれる宿のさひしきに
ひとこそみえね秋ハきにけり

1 と—とは
2 の—ナシ
3 なるへし—なり
4 に—ナシ
5 は—ナシ
6 と—なと
7 よく—能ゝ

1 聞え—ナシ
2 侍る—侍れ
3 おと〻—おと〻の
4 世人の—世の人
5 にして—にて
6 きたる—くる
7 と—ナシ
8 はんへりける—侍る
9 同—等

あそひきたり河原院まてゆきたる所とかや融有るとら
いふこそ融と人〳〵きゝけること侍れはちとつゐまて
心はくもりなくやさし[1]く侍[2]るといふ人はおと〻[3]く侍らん
し欤世人の[4]あふきしすれは夢のやうにし[5]て
むかしをまし給ぬ融乃ゝ来[6]るこそ融侍あそれと[7]
うちしとりわするさ候数なくやすく河原院
乃むかしをおもひはくるそは哥をみはへるやつる
ゆきさう　ともふひとも安法ともなる侍きは所へ
むくろかも侍らさるわけをとりふ哥かうかいす
侍らはむかしはかやうかもよみはんへりける[8]にや
とは同[9]融まてりんあるへし侍るゆきさう哥あるは

1 なを—なをその
2 ふかゝるへし—ふかきにや
3 いはを—いはほに
4 やすき—やすきやすき
5 なそらへ—なすらへ
6 なり—ナシ
7 はんへらす—侍れ
8 こまかに—こまやかに
9 にやもつとも—ナシ
10 て—ナシ

なを[1]はされふ[2]かゝるへし

48

源しけゆき

風をいたみ岩うつなみのおのれのみ
くたけてものをおもふころかな

心ハうこきぬいは[3]をと人のこゝろ移りよそへてけ
やすき[4]ふ見えとわか身になそらへ[5]ていへはなり[6]序哥
少は[7]はんへらすとこれをこまかに[8]はりふりはんへるにや[9]
もつともおもしろし詠くしう

49

大中臣よしのぶ

見かきもりゑしのたく火の夜ハもえて[10]
ひるはきえつゝものをこそおもへ

1 内裏—大内
2 火をたくやく也—火を焼役人也
3 やすみたる—にふしたる
4 つゝみ—つゝむ
5 くるしさまさるへくや—くるしきさまさるやくや
6 詞書（一行）—ナシ

ゑしとハ内裏[1]にてをちこち舎なとにし時火をたく[2]やく也
哥ハこれも序哥也ひるハきえてよハおもひ[3]もえ
見るさまなるむねにみちくるおもひ入せんかた
なきをさくるハもゆるかもえの様すしてひるを
[4]つゝみおもひけちくるしきなけく[5]くるしさまさ
るへくや夜といひひくといひ思ひけるにまさる
とよくおもひ入てみるへきすかたなり

50
ふちはらのよしたか
[6]女のもとよりかへりて遣しける
きみかためをしからさりしいのちさへ
なかくもかなとおもひけるかな

これハ秘なとれあなるへし一度のふ事も
あるハいのちすつるものゝ思んとおもひしを引つ色て
いろ〳〵のなかくをとよめ侍ん略ゆはすん色猶
おもひたまふといふ詞む見とゝ給あら人ハ思ふ
それ是何なるさ歳あまた我心のひまなしかくも侍
事よといへ給ふを能くみ侍へよすゝかう

51

かくとたにえやもいふきのさしも草
藤原のさねかたのあそん
さしもしらしなもゆるおもひを
さしも草ハいふき山によみあへハせわもゆる思ひ
ハ火といへるなわかくもいふえやハ侍ふきやハ

1 の—ナシ
2 あり—なり
3 の—ナシ
4 よ—に
5 ミ—ナシ
6 いへる—いへる事
7 も—と

むねにこもるおもひをえいひやらぬさまを人ハ
いかてしらんと我思ハせつなる事ハやらんかし
ふきをいひのふるやゆやハ伊吹ハゑいふへきなり

藤原みちのふあそん

52

あけぬれハくるゝものとハしりなから
猶うらめしきあさほらけかな

これハ後乃あさハ恋しんなれあけぬれハくるゝ物
やゝハのちの夕をもたのむハ事なれハりん遣るを
くていかにけりまゝ乃せつなるおもひ小あくれハ堪
暮あとりわをまちて程ふるゝ猶尤おもしろきや

右大将みちつなの母

1 いかて―いかてか
2 やらん―やる
3 は―ナシ
4 ゑ―えも
5 後のあさ―後朝
6 あくれ―明ぬれ
7 る―ると
8 尤―ナシ
9 おもしろきに―おもしろく

53

なを親院くひとりめてるよのあく院殿ハ
いつも小ひさし貴きのとのは志院
ちと事に入道摂政殿のかへられけるに門[1]をおそく
あけ[2]ゝれハなちわ殿ひねといひへく待わひ侍ハ
ちとて使つかはし[3]ける心ハ忠ちとうなふぬやられ又
いつはりしれあけきはくといへる心[4]深なふしとそや
よくくるやうれ所とて待るへきなれを上代所ハ
たうさにはやく[5]うくはうさの[6]出来る[7]すてんねん除
住吉れきは[8]あくりれりん息るよや
儀同三司母

54

ちれまてしれれすゑまそれハうきされて

1 門をおそく―門をゝそく
2 あけ―あけられ
3 つかはし―いたし
4 心―甚
5 たうさにはやく―当座の頓作に
6 の―ナシ
7 出来る―出来の
8 は―ナシ

こふとかなはぬいのちともいふ
すまきに中関白みちたか[1]のかよひそめける所
よめりとあれはこれもあきらかなる所也 人丸詞 この
みつさけ連ハ一夜をおも出[2]にてきゝとらせんと
いくはうゝ猿む世河なるさ侮なりゆくくしとて
ほのひを見侍へしくれ〳〵なさしき寺の風情[3]や

大納言公任

55 瀧の音はたえてひさしくなりぬれと
名こそなかれてなほきこえけれ
これは大学寺[4]の瀧をよめる歌なり此たき殿[5]さし
もりつめしくほくわを見し流れのかわをそてたる所

1 みちたか―道隆か
2 おも出―思出
3 風情―躰
4 大学寺―大覚寺
5 たき殿―瀧殿は

うちゑみて君乃ことはゝさま[1]あひいまこそよみ給
ふことなれ下乃句君よりつけ給てな給ふこそけしきと
いへるをちかき人をさふらふの見[2]と侍りちをおりふ
しき乃[3]さふらひを侍るかりやおもてハいうなとさら
しくといひくたし[4]さふらひにくはんしんある[5]とさふら
はよくくぎんみすへし

いろみし給ふ

56

ありけんしあれ世けかりのれおりひてに
いはひとすひの事[6]すもする
こゝろの給まうしけまいあふれは侍[7]しは人に侍りけり
くはとあり[8]いのちなをもとをみとおりしに人を[9]ときて

1 さま—さまを
2 見—ナシ
3 の—ナシ
4 くたし—くたして
5 くはんしんある—観心の侍
6 事—よし
7 侍—侍りける
8 とあり—とそありける
9 を—をも

わか身みたれ[1]ちかへんそれおりひれせつなる
んと思ひ廻わくて待るへきなれむらもあわぬへ歎
んにや哀深さや一二は白こともふ類なく[2]そ

むらさきしきぶ

57 めくりあひて見しやそれともわかぬまに
くもかくれにし夜半の月かな

きと年にわかれし友さち小侍わかける人年ころ
めくりあひたるかりのうちそて七月十日ころ月に
おもひて帰りんへわかれハとあかわかるゝもたちを月
よもすつくりへるなり[3]んハあとをきり暗をさそ
きとをつひかんまよれをよふ雨すかくすと[4]見ゆ

1 みたれ―みたり
2 類なく―無比類
3 なり―ナシ
4 と―ナシ

る月に[1]きほふハあらそふ心なる

58

大貳三位

有馬山ゐなのさゝはら風ふけハ
いてそよ人をわすれやハする

ことの葉にハ遠くなる男のおほつかなくなと云
ける[2]によめり[3]哥ハ序のうた[4]也同序の[5]哥に詞と上
れんも云題乃目によたちはんへり[6]これハいてそよと
いりんためもちゐられたちよなる古哥には[7]大つゆやくか
くれとしむしは哥の[8]なけのあらてきこふる[9]ハ
しよのうた[10]れ夜かわ其さりひよいつすしてハ恥頼
乃ように私きまの人りうき事なるへし云此哥

1 きほふは―きほふは月に
2 けるに―たりけるを
3 よめり―よめる
4 序のうた―序哥
5 の―ナシ
6 たちはんへり―立も侍也
7 は―ナシ
8 の―ナシ
9 きこふる―きこゆる
10 しよのうた―序哥

此心いてやハりつ心をおこしてはかなきことはなかわ
いて人ハことのみそら事 いてやまさと人ふさつめそ
1 なをよそあらハせわ いてそよ人をまれ新屋もする
とハいまさしくある男此かくかておか清つなまめなと
いへるとうしなて我こう格とのへ出を給なわかくい
へ給うちに 2 人をはかりそなくりのまゝやとおもひこり
あらわてり人るらし後なわ

何ゝそあれ思はん

59

昔らいく我なましりのを竹東ふなそ

うさふくま 3 ての月をみしうな

時う 4 たかいもうとかあはん人花かよひけるうな

1 な―ナシ

2 人をは―人を

3 までの―までに

4 うた―うたは

1 よめる—よめる哥
2 ねもせす—ねすもし
3 やすらへる—やすらひぬ
4 深かりなまし—ふかゝるへし
5 す—ぬ
6 侍ころ—侍りける比
7 哥あはせ—哥あはせの

めてこさわけるはいまうとおもひけりてよめる1哥や
ねられりそてやすハ夜のふくるまて2ねもせすまち3やすらへる
ゐるをいふなるへけれとも哥ハあさ人とをちふけ
てうわれと朝りふに月さへうくこふきうらんとらん
さ夜ふかいとくねりひ4深うわかまし

60

こしきふの内し

大江山いく野のみち遠けれハ
またふみもみ5すあまのはしたて

すなはちいつみ式部やすまさにくして丹後
の国に6侍ころみやこに7哥あはせありけるに小式部
内し哥よみにとられ侍けるを中納言定頼つほねのかたに

1　たまふ—たまふらん
2　は—ナシ
3　なと—と
4　て—ナシ
5　おしも—惜も
6　さたより—定頼卿
7　を—ナシ
8　かねて—兼
9　を—に
10　これによつて—かくよめるによりて
11　を—も
12　名誉をしたる—名誉したる
13　よめり—よめる
14　の—こと
15　に—ナシ

ゆへにきそうるいいりくをさせたまふ[1]たんこへは[2]
人はかりくんやはりひハまふてこすやんもとなく
おかはらんなと[3]ぬハかきて[4]なちける我引当くすかん
るるこれハこしきふか哥也しも兼ハ母は泉式部よよゆ
せく我哥かはるなといふうはりんへわけるとに
おしも[5]おりひけるにさ[6]かれかくいへる時か
よめ候歌なれ此哥を[7]よまれハかね[8]てのうさひよ
されハちうともいゝ候へると[9]これ[10]すりろくく人は
うきひと[11]りしわ名誉[12]をしたるほれるこ事
すまやうひえうさによ[13]めるともな我るわの[14]ハ
りひふ候へ参とすてに[15]名歌あ程ハむさ臆数ゆく

よう侍るめき大江山いく野みちしとをへれハみち
はつしれ名所やまさふこともみ決定はりてもゑぬ
假なりすこし文乃心もあはさとつ秀れつゝひと
いふ事おまるなり

伊勢大輔

61 いにしへのならの都の八重さくら
けふこゝのへにゝほひけるかな

一条院の御時ならの八へ桜を人の奉りけるを
御前にありける色まゐれハ宣ふたまはりて哥よめと
おほせられきたれハよめるうたなりんハ古歌乃桜は
みやこのはるにもあひぬるきうふきさ乃はらん

1 と―ナシ
2 れる―よれる
3 たまはりて―を給て
4 も―ナシ

1　るい—たくひ
2　ことわさ—ことわさに
3　ともから—ともからは
4　御物わすれ—御物忌
5　に—ナシ

して二度時にあひたる人るい[1]はまれなるやらむ
や思ふらくと死てのちの人といへはたうとの
ことわさ[2]義とくはうん貴なからやすれはてん
世には恩と弟せいはうしふ見とのいさす所なわ
みちふたつさりしんともから[3]是を思ふは実なるや

清少納言

62
夜をこめて鳥の空音ははかるとも
世にあふさかの関はゆるさし

此歌は大納言行成物かたりして内の御物わすれ[4]
にこもれるとていそきかへりてつとめてとりの
声に[5]もよほされてといひおこせれは夜深かりける鳥

1 たりけれは以下（一行）ーナシ
2 出せるー出す
3 哥ーナシ
4 たれはーされは
5 いひ出るー云
6 ほとくー躰

れあるハうんうくれせ妻の事にやといひ侍りし
[1]たりけれハこれハ我ものといへりけれハはゝりし
くるものハ為世ふたてる心なるあふさう法関をゆる
さしとはあふ事をゆるさしとありそふの妻ハ昭
なりきそうれこくとあふなりしと見えちうふ一首
ふちを出せる[2]すこれみよ手の一わきまへ人れ
哥をみるかりこう歌に一みちおもしろきと思ふ
とんりしあてそれなりのはは心を知らぬ歌よ古人
は哥[3]いうめしかもきこりにあすりのありたれ[4]
ハ我いひ出る[5]事をきちむろりしす侍るよやそれ
ほとく[6]りこう歌をえくらして夜のすさみひ

1 おもふへき―思事
2 よに―関
3 ことは―ことはの字
4 伊勢―伊勢の
5 ける―る

をおもふへき[1]ことそ歌の心なりなほよにあふさかのよに[2]
といふは詞の字あることにはしとそおほし[3]

左京大夫道雅

63

いまはたゝおもひたえなんとはかりを
ひとつてならていふよしもかな

此哥は伊勢[4]斎宮わたりよりのほりて侍ける[5]人に
しのひてかよひける事を大やけきこしめして
まもりめなと付られはしのひにもかよはすなり
けれはよみ侍ける哥也此心は明らかなりへきとなほ
此心の奏まて一しれ表はしていりんへるや

権中納言定頼

64 あさほらけ宇治の河きりたえ〳〵に
あらはれわたる瀬々のあしろ木
これはさい人定頼のうたなり冬のうち河のほとり
きふいさよふ波乃おちてもとり人なをとらむ
てよめる[1]歌とそこゝ瀬ハうちハ山深くわたりまて川
上れあかもりれてきと瀬なかれおかられけれおも
しろきおりきてもなきめ底かうすりのくと
あらはれつみかくれゆしてあなハあらくなるハあら
はれへうるんめみきへれてふるふる小やな哉此哥
師説をうくへし　おもてはおり後乃奥ハ―
ゆがみ

1 よめるとそ―よめる哥とそ

65

らし来まひほさぬ袖なほあるものを
　恋にくちなん名こそをしけれ
恋にくちなんなをこそをしけれとは猶ともあり
ありふれと流こひ路[1]なとハなをなみたをせめての[2]
うなる事とのみうき人なとゝはかなく[3]契
そめてうらみけくちなん[4]する我ありふれはかり
わかぬ袖にあまりのを[5]せハよめわ袖ハくち惜
幾そのあるかそ道さんへわかみをといへるはそれ深記
まやち[6]とはしよくいるなとハあくめやなる六義よ
いふたとへ哥やうしみまひせ不也しるうんや袖
しうくちめへよみ若けくはるすとあけくなれ

1 こひ路―心ち
2 の事―ナシ
3 はかなく―はかなふ
4 な―ナシ
5 を―ナシ
6 ことさらに以下ノ文(三行)―ナシ

1 の―ナシ
2 いふ―いひ
3 秋―秋入を
4 きやく―逆の峯
5 事と―ことく

66

大僧正ぎやうそん

もろともにあはれとおもへ山ざくら
花よりほかにしる人もなし

あとのおよに大みねにておもひかけず桜の咲たりけるを見てよめる大みねに行者の入事しゆんきやくのみねとて春ハ本よりしゆんのみねといふ秋ハきやくといへり其時ハて秋のこゝい至侍るよやられハじゆんのみねのときなるにやおもひかけぬさくらとみんへいふハ卯月なりけれ事とこの歌のこりて桜花よりほかにしる人もなしとはよめるいはれざるをは花よりほかにしる人もなしといひて

1 もなし―あらし
2 白川院の―古一条院
3 御子―御孫
4 て―ナシ
5 さま―やう
6 の其―ナシ
7 く〳〵―ナシ
8 とそ―也

らく孫よみ花をも我ものかほにしるひともなし
といふ人あるやうのみこゝろは白川院の御子まてゐん
まんのん乃門院あかり座す御きん人民をやはし
てはしめ孫にいまてをこなひたまふおかしかり候
はらくを見たまひける時のさ侯とよくおもひいきて
見侍へしそふして其八時のさ侯とらく孫の摂人のまう
なきくまてそのらく孫婦めうなる事なり能く
志つまよす人ある事とそ

すはうの内し

67

春乃よの夢はかりなるたまくらに
かひなくたゝん名こそおしけれ

ことかきに二月はかり月あかき夜二条の院にて
人々物かたりして侍りけるに周房乃内しよりふして
まくらもかなといふを聞て大納言忠家これをまくらに
とてかいなをみすのうちへさしいれ侍りけれは
かゝりんへわけるかいなはなまくらにもせく
かいなをなちへやるとはみるへからすたちいきわ
とみえは隠はしく成なり哥の心ははるあかりつふ
もゆふふやさしきほとなれは此哥なくてはあるなり
おかしくるまうされし出くる侍事あかうこそまや
又経もくのいかふ久しきといひ小式部の内しか
またふみもみすといひ伊勢乃たゆふかけふ九重と

1 ことかきに以下（コノ一行）ーナシ
2 人々ー人に
3 周房のー周防
4 いれーいれて
5 かいなーかひな
6 は見るへからすたち いれたりとーナシ
7 成なりー侍也
8 哥の心は……（次行）すかたなりーナシ
9 くるー来する
10 いひーよみ

よみ人此内しのひあくさんといひけるハみかと時に
此うこくの君いはくなれ女此君としてうやうり
けん君るあかりつゝけ[1]れ

三條院

68

この院もおりてうき世[2]をなかめてし
こひしう院へ参内此月のふ
さとのおほんまへにおはしまして位[3]さからんと
をさせおはしまし[4]ける此月此ゆうかゝるに此
らんしてとある哥此[5]この院ハ御や此御門ハれい[6]
せいゐんの第二此御子や御位をゆつりて立かう給
ますけりすゑとおほくもとおほしめしへきをなるとゐ

1 けれ—く侍れ
2 うき世—此世
3 位さからん—立さらん
4 おはしまし—おはしまして
5 此—ナシ
6 れいせいゐん—れいせん院

1 まことに—誠
2 御心を—心
3 詞書（一行）—ナシ
4 時せつ—おりふし
5 おもひ—よく思
6 く—ナシ
7 の—ナシ
8 を—ナシ

さをたもりんには法らく流満[1]ことにはなころ躰く
おもしめすへきかしこさを御[2]心を能くあんしくらし
御哥なん見侍るへし

のふゐん法し

永[3]承四年内裏にて歌あはせに

69

あらしふくみむろの山のもみち葉は
たつ田の川の錦なりけり

これうるハかくれたる所なしす時[4]せつ法家いよ
と所のさ海をおもひ[5]侍りせくみ侍へ貴あわこれは
海しらふく[6]と奥の風の[7]術なる也かやうの事
を[8]はまつ代の人とも能くおもふへし　すきまく

あるとし旅たゝん事はみちとんはへしとてかくはかり
くとらえ出し事其方便に當やらん因河りみち
叢雲り深は方乃數なりへし

しやうせんなうし

70 はひしはよ色をたちてそなりむまは
いたくをおなし あきれはゆふくれ

んは大かた明なる方後いつくもおほみにて旅そ
へし我色をれへゝうきまてはひし沢附なりひ
まひらいつくゆもりもやとたち出てちかのむ我
いかつくも又我ら旅れかりれすそ待しーけまき
うしれさひしはりあすとうちあんするんあわ

1 かくありく以下ノ文（三行）ーナシ
2 いつくーいつこ
3 にーナシ
4 こゝろー心に
5 とたち出ーなと云いてゝ
6 いつくーいつこ

かやうの事ハかくいひなしてこそあはれにみゆれハ
なにかは深く余情かあるなし　家隆卿のうたに
秋よなと[1]なかめすてゝも出なましこの里のミの
夕とおもはゝとはんへる[2]ハ此歌をとりてなり[3]心も
みたりに本歌[4]より深く成へきにこそ[5]

大納言つねのふ

71

田家秋風[6]

ゆふされハかとたの稲葉おとつれて
あしのまろやに秋風そふく

此歌ハ田家の秋の夕といふ事をよめり[7]けの乃た
風と[8]ハさふらふあしのまろやそはくといふにあらき

1 なと―たゝ
2 はんへる―はんへれ
3 とりてなり―とれる
4 本哥―本の哥
5 へきにこそ―へしとこそ
6 田家秋風―ナシ
7 よめり―よめる
8 と―ナシ

それ門田のいなはりゆふ暮の秋の気色をよく〳〵と
おとするときゝてあし庵にまろくあらしの風吹
さるさ庵なれ夕されハ夕暮に同しかの風情
心あるにやこの五文字よりわきておかしく
侍ぬへしかやうの所いふも能あちはふへきそ

72

祐子内親王家紀伊

おとにきくたかしの浜のあたなみは
かけしや袖のぬれもこそすれ

この哥ハ人しれおもひあるかたにかきり
ふ見のよもひいてゝ侍ほしかれといふ哥ぬし
なりあまとあるをやハかた人といふんなるかうちの浜

1 ときゝ—をきゝも
2 に—ナシ
3 所—所をは
4 能—ナシ
5 哥—哥の

世くハかくれもなく聞えあさんといふ似なるかけ
しや[1]とはちあるをかけし あ[2]たなるあた人なり
契をかけハかならす物なりひとなるへき也といふ
事を袖のぬれをこそ後と云るなり[3]詞おきる
なくいへる歌也よき歌ハのこんへらん女の哥には
又[4]ふるく詞おもしろきこそ

前中納言[5]まさふさ

73

たかさこの尾上のさくらさきにけり
と山のかすみた[6]えすもあらなん

心ハ高砂ハうへしとも峰のひたえを申に付ても
さなれ両風高砂まし のふゆんの哥よれハ

1 や―ナシ
2 なり―となり
3 なり―歌なり
4 又こゝろ―ナシ
5 前中納言―権中納言
6 たえす―たゝす

1 色をえたる―いろへたる
2 源―ナシ
3 よ―ナシ
4 たいにて―題を
5 を―ナシ
6 く〳〵―ナシ
7 の―は

か色[1]をえたるとゝ族あり

源[2]俊頼朝臣

74 うかりける人を初瀬の山おろしよ[3]
はげしかれとはいのらぬものを

此うたハいのりてあはぬ恋といふたいにて[4]よめり
はつせよりひとを[5]いのるうへハすこしも物かくれなし
みえてはつせ山中まではげしきおろし也そふの
心ハうかりける人をはげしかれとハいのらぬ物をと
いふ心を初瀬の山おろし―ハはげしき風くる詞也
此のこともくく[6]人の[7]心のうけ―けれハつれなし
うきといのらハかゝるやうに我ハそれをかくしけ―

うまとハ移らぬこゝのをといへり定家これを近代乃集[1]哥にこれをとらへ深くあとハんにぬの絡て侍る猶をもいひ侍くまうしく侍ことにをよふましき深なりとそ[2]いへり

もとゝし

75 ちきりをきしさせもの露をいのちにて
あはれことしの秋もいぬめり

もとゝしの子に僧都光覚ゆいま會のかう師乃すけをやうるをたひ〳〵もれにもれハ法性寺入道太政大臣にうらミ申けるをしめちか原のと侍きわみ乃年をもれ[3]にけれハこゝろくはかりしたまハ予てかのめ

1 近代の集哥—近代の秀哥
2 そ—ナシ
3 もれに—もれもれに

といへるをとりて教をきゝ世をうつる迹を今
すてといへるなり下の句ハましきみも於めす心
にうき歌なる歌にさ侍る侍み哥くらるはしらふ堂
すれしくなる風体也さるも又哀深なる也

76

法性寺入道前関白太政大臣

わたの原こきいてゝみれはひさかたの
雲井にまよふおきつしら浪

海上を望とよめること葉ハ眺なれハこれハ我舟にて
はるかにいへる心なりうたのさまは長ありてよせい
あるかたなしてふかうの哥なとにかくれたる所ハ
あるまし歌にわたりて風情殊勝に侍るとそ

1 の—ナシ
2 まよふ—まかふ
3 これは—ナシ
4 いへる—いつる
5 うたのさまは—哥さま
6 長—たけ
7 の哥—ナシ
8 とぞ—にこそ

77

しゆとくゐん

瀬をはやミ岩にせかるゝ滝川の

われても末にあはんとそ思ふ

われて[1]ハわかるゝ也われてもといへるハ殊なる切なる[2]

心なりわりなくとわかれてもを[3]末にあはんと一

首[4]此歌ハ恋しき心を述て名誉ありしくあふせの成就つゝ

惣人ハわかれて後ハあひかたきを[5]水のあへることく

にあはんと思ふハはかなき歌なりけりとおもひ

なして君をせめたる哥なりけんとそおもはる

いふうちありけるを歌はわ能くふうしてよきいを

思ふハ―われてもと[6]伊勢物語にもわかれなふもと

1 われて―われてもと

2 せつなる心なり―ナシ

3 を―ナシ

4 首―惣

5 を水のあへることくにあはんと思ふははかなき―ナシ

6 と―とは

いふことを有りかけり[1]

78 阿はちしまかよふ千鳥のなくこゑに

いく夜ねさめぬ須磨の関守

みなもとのかねまさ

関路のちとりをよめる是ハ夜のうちり旅ね[2]

してのちとりのちらひてなくを聞よひく体於

うら所ハ須广のうらな連ハ一しほ旅ねのうらしさ

のたへ[3]かたき夜ふかき関もりの夜々のねさめとあ

りれ世んあはれなる阿ハちしま深夜なるへし氏の孫海さ

ハ堀河院後百首の歌也しやあはれともみの百しゆ

かハへき人をハもちかしときすなわ黄門の心を

1 かけり—いへり
2 旅ね—旅ねを
3 たへ—たえ

まくふくへよりのなる

左京大夫顕輔

79 秋風にたなひく雲のたえまより
もれいつる月のかけそさやけき

こハ明なからしられさやけさといへるハ清天の
月にしさやうなるをわかハかゝる雲の絶間わかゝふ
法師かふして[1]こうをおもふ心のきこえて騒りんへるや
[2]いかにも雲をはらふあらしさそ

待賢門院堀河

80 なかゝらんこゝろもしらすくろかみの
みたれてけさハものをこそおもへ

1 しかも―ナシ
2 いか―いつれ

1 人の心—人心の
2 こゝろをも—心も
3 あかつききく郭公—暁郭公を聞

これハ後朝の哥なれハちきりをかはしても人の心すゑなかく
うつりかはらんこゝろをもしらす髪もみたるゝあした
事なりひとしほこゝろをくるしむやとおもひ
まひぬる心なる女の哥すてふ残ありし深きうらみ
あとなるのくさる数なくや

81

後徳大寺左大臣

ほとゝきす鳴つるかたをなかむれハ
たゝありあけの月そのこれる

あかつききく郭公といふ心なりこゝろハまちかく
待るほとゝきすの一声鳴て夢ともおもひ分す
おのかきこゑをとちかへりむきハたゝ残月のかけのう

1 やう也―やうにて侍さま

2 よめるおほきをこれはしさいにはいはて―ナシ

3 を―ナシ

4 たへぬ―たえぬ

ふるさとおもひけるかし也やうやくおもひ入
るく見侍るへし郭公の哥ハ此後くおもしろく
きこえてよめるおほきをこれハしさいにはいはてそしう
をこう歌をはくしいへる所のきはまり侍らう

82

道いん法師

おもひわひさてもいのちハあるものを
うきにたへぬハなみたなりけり

思ひわひゆへハ思ふまゝもとありふる人ハつれなくなる
もてゆきもわかゆく思ひのなかれかはるひか
ハ爰かきえうせぬへきをさてもなからへいのちはかはる
ものをうき事にかんかんをぬハなみたなりけり

1 此うたを以下ノ文(二行)—ナシ

2 詞書(一行)—ナシ

3 よ—に

4 に—ナシ

5 ける—けり

6 よ—に

7 又よの中以下ノ文(二行)—ナシ

ところをさとりわてゝうちあけくんなかはうことを1

はさく見るへしとす徳の歌の世にかくれなそ

皇太后宮大夫俊成

2述懐の百首乃哥よみ侍時鹿乃歌とて

83

世の中よ3みちこそなけれおもひいる

山の於くにも志かそなくなる

此歌く4よのうたと思ひわてこそとおもひいる

山のおくに鹿のこゑしきりうちなくをきゝて山

のおくにも世乃うきをはなれける5とおもひしに

くよの中よ6のかれへ来みちこそうちなけきせし

うらなけく心や7又よの中よ道をさいはあはれ世つか

[1]おもひ入山の奥にも浮事ハあれけるとおもひなん
あはれにみちぬるハ[2]かくあらん所もとおもひまひ
ある儀とそおもひ入ハ山にいるまてもみ心にも[3]思ひ
いるまてそも侍へし[4]ことに又おもひいるり
二つの義侍り世ハうきし貴りのとおもひいる又方ハ
そうるきりのとおもひ入と二や

84

藤原清輔朝臣

なかゝへはまたこのころやしのはれん
うしとみし世そいまハ恋しき新

此歌ハことに明なるわたるよの中にハ人のむましき
[5]行するゐをよの世ゝのあまたの新をしらん古人哉

1 おもひ入……心なり（二行）―ナシ
2 かくあらん―かゝらん
3 思ひいりたる―たつ
4 ことに又以下ノ文（三行）―ナシ
5 行するゐ―ゆくゐ

1 こと—ことはり
2 は—ナシ
3 かやうに又—又かやうに
4 心—心は
5 云—いへる
6 ものも—物をなつかしかり

そのよしを人にしらせけるはいれなかなかなるへし哥
かはしとをはめすしてことわりにかなはせていへるは
つれなすなりかやうによみこし思ひをせめてある
あはれきも一種法すなるへし

85

俊恵法師

夜もすから物おもふ比はあけやらぬ
ねやのひまさへつれなかりけり

心明なりな哉ねやのひまさへつれなかりけりと云
閨ねめつらしきなりひたとつなるといふ物をゑらく
待るにやうらむましきものをしらぬなつかしく侍
ましきものもなつかしかりける事恋のみちの

おもひなりよくくねやのひまさへとうちなけきたる所を思ひしるへ[1]きなり

西行法師

86 なけきとて月やハ物をおもハする

かこちかほなるわかなみたかな

月のまへのおもひのほかにあはれもすゝく月にむかひてうちなかむるに物かなしくそゝる月乃我[2]心ならさはしむる所をうらみし[3]と思ひなしてかくいへりかの平外[4]乃様なれこれ西行か風體なりかさりにつくろふ所なきハ上手のものなるへし

しやくれん法し

1 へき―へき物
2 我―ナシ
3 うらみし―うらめしき
4 平外―平懐

1 又—ナシ
2 深山—太山
3 して—にて
4 は—ナシ
5 まき—槇の葉
6 深山—太山
7 夕—夕に
8 うち—ナシ
9 は—まきの葉
10 おりしも—をりふし
11 あはれ—又あはれ

87

むらさめのつゆもまたひぬまきの葉に
きりたちのほる秋ハゆふくれ
此哥をわれ人揺れ葉に過る村雨のおもしろ
うちしほみ露はおきわたして數多葉をまうそれし
奥をもそぬ小きかの たちのかわて秋くのふせいを
得くしつるさ儀うといつわみ[1]南むつうの心ハらもりん
へらん深山[2]の儀は夕れさ儀して[3]られ詠侍[4]
へおふとらそさ家ハ まき[5]葉ハ深山[6]ありおほりのあま儀は
夕[7]むらさめうち[8]そそきくとしてその[9]志め
まさるおりしも[10]あわれもちのかは さ儀を能くおりふ
てしは しらかおり詠くもはいしくもあはれ[11]を

1 筆詞にも―筆舌
2 かたくこそ―かたしとぞ
3 旅宿相恋―旅宿にあふ恋
4 難波―心は難波
5 ゆふ―ゆう

深く感へきよし筆詞にもかたくこそ

皇嘉門ゐん別当

88 なにはえのあしのかりねのひとよゆへ
みをつくしてや恋わたるへき

これは旅宿相恋といふ題也難波わたりのたひねに
はかなくもあはれ給ひて深へきとおもひいのちまで
にあかぬにこゝろはれかなしさとおもひまひろくわすれ
うき旅れ一夜ゆへとをききて身を深くしてもといい
へる恋はゆふなるへしよくくみれ誠人あれ給
なをとおもひりきてみりんあるへきよや

式子内親王

1 しのひあまる―忍ふあまり
2 おもひを思ひ―思をおし
3 と也―といへり
4 なを―猶ゝ
5 面白―おかしくや
6 美福門院大輔―殷冨門院大輔
7 ぬれやまぬ―ぬれや（ママ）うの

89

たまのをよたえなはたえねなからへも
　志のふる事のよわりもそする

んハ[1]志のひあまる[2]おもひを思ひわひしく月日を
ふるにかくてもなからへハいからは志のふる事を
よわることもせめとおもひまひろくたまれをよたえふ
そたえ袮[3]と也かへりけれハいかなる君しやなと深く
志のふ心な[4]なをよわるとも忍ふる也袖[5]面白からん

[6]美福門院大輔

90

みせはやなをしまのあまの袖たにも
　ぬれにそぬれし色ハかはらす

心ハをしまのあまハし袖もハ[7]ぬれやまぬ物にてハ

そでとみよともいひしぬれにしけれとそれをぬらし
ちらかにしそでも我袖はこうらいなみはくもり
袖とみをしやとりへ見ぬ袂ぬきかすぬかしといふ
と[1]ころはぬれしくいひいりしうるさや

後京極摂政太政大臣

百首の哥奉りし時[2]

91

きりくすなくや霜よのさむしろに
ころもかたしきひとりかもねん

あとりまりおいて[3]はなかへたるあかくをしといふ
よはひもかうをねんまてあらきしくきんけんなり[4]かは
五句以つきのちとをも称しくせんとまる事も

1 ところ―詞
2 詞書（一行）―ナシ
3 おいて―おゐて
4 きんけんなり―金言のみなり

なくはしけやうにめて度りよわ詞字あらぬきら
くはにせちうるを叔小やすし侍る事わりの出るれ
尾のしるわさのといふをさあるにや

二条院さぬき

92
わか袖はしほひにみえぬおきの石の
ひとこそしらねかはくまもなし

石によする恋といふ題の心ハわか袖の乾ひるまはなく
事なきとおもひふかきわか身にはなとをさ〻り
物のふ人にしられぬ事をしるしひよみえぬおきに
石とよくいひ出たるなりしるも哥乃さまよく
して物ようてぬと〻縁ありはらくしや当時は女は

1 詞字―詞の字
2 の―ナシ
3 石による恋―奇合恋《ママ》（寄石恋カ）
4 なきとおもひふかき―なく思ふかきり
5 よく―ナシ
6 出たる―出せる
7 の―ナシ
8 女―女房

中に[1]定家卿の歌ー一首ともあるとそ

鎌倉右大臣

93 世中ハつねにもかもななきさこく
あまの小舟のつなてかなしーを

このうたを何にたとえん[2]の哥とこきゆく船の綱手
かなしーを此[3]二首を寄わかんハ説法して見せしとか
ことりて志かの浦の哥をとりたり[4]そふれらうちハ
世中[5]ハ何事をあとなしとなさへのこゑりつまとそ[6]
つねなる世にたえくらんーて[7]うちなかむるおりふし
はかなきをふねのおもしろくつなてひけりとかけてす
うちみるより哀つくひゝはすきて[8]うちをしらぬを

1 にーには
2 たとえんーたとへむ
朝ほらけ
3 此ーナシ
4 とりたりーとれり
5 世中ー世の中
6 とそーを(ミセケチ)
そと
7 てーナシ
8 すきてーすきては

あらためて今めかしき人かゝる様のものいひとなんなり、すゝとおもひて世中ハつねにかはるとよめる
まことに常住[1]なりける所ハ遠理也

94

参議雅経

三芳野の山乃秋風さよふけて
ふるさとさむく衣うつなり

これハ山乃しら雪積るらしふるさとさむく成まさるなりといふ古今集[2]ノ歌を[3]とれり心ハつくれる事もなく物思ひぬれて句[4]にをうんぬんかやうの歌をは[5]いふにもあふきさんすいさりやならんあはれくすゝしやさしよの[6]なをとやう成あとて

1 に―ナシ
2 集―ナシ
3 とれり―とれる心也
4 句に―ナシ
5 は―ナシ
6 の―ナシ

つゐにおもひしるへきにこそ

前大僧正慈円

95 おほけなくうきよのたみにおほふかな
わかたつそま[1]にすみそめの袖

うきよのたみにおほふとハ恩ん衆の[2]世たいのんをおもひて一さいの[3]しゆしやうのうへに法衣を[4]おほひたまふ心なりおほけなく[5]とハひ事の心あれ[6]氏といふ字をゝく[7]ハ恩んきのゝ孫をゝ数中へやんハたく衆生の事なるを包めれハ心ナニ附中ときにハわかへしすとそ

入道前太政大臣

1 そまに―杣の
2 の―ナシ
3 の―ナシ
4 おほひたまふ―おほふとの給ふ
5 とは―ナシ
6 氏―民
7 をゝく―おほく

落花を[1]

96 はなさそふあらしの庭のゆきならて
ふりゆくものはわか身なりけり

心をはかなくてちる花の雪はいつとつもりなるものなれ
ちや時過て人のいふとみしむかしのゆきと我
たててふはちれむ人をなすくなまるをられ雪をかれ
ていとつらにかわりけり我ハ我身なりけりとよめる
にやむかしのうんたんなる[2]哥とて

権中納言定家

97 こぬひとをまつほ[3]のうらのゆふなきに
焼くやもしほの身もこかれつゝ

1 落花を―ナシ

2 なる―する

3 まつを―まつほ

こぬ人をまつをのうらハかならす一興浅すかは
侍らすや夕なきとよけるハなみ風もふきさ夕なと
ハ塩焼くけふりもちらそへるを我おもひ代も山家
さ波のの世河ふるをもうへい魚るや　まつをのうらは
塩やく事ハ万葉ハ長哥にみへ侍さうのうらこは
こぬ人をまつほのうらハ夕なれみといひて盛くや
りかのといひはてけみもこの道侍くおんさくを
たふきうる詞はつひなれ　黄門のこう按に令く心
百首まハせらる上ハ思ひて御所にりんへらん
やすあわ小眼を付くる心をさくわ知へきよう

従二位家隆

1 まつを—松ほ
2 は—とは
3 かならす一興の事には侍らすや—昔の事には侍へからすや侍らん
4 タ—ナシ（ママ）
5 なみ風—波の風
6 の—ナシ
7 侍—侍り

98

う霞そよくなれはをつは乃ゆふくれハ
みうな越なられ志ぬしなれける
此川にみ越をおとよめるハ万景にわれ事なるへし
心をふりの小河をふりれ景によとわなしして川色れ
夕暮れ侍りに小て瀬れ心ありなかりけくたる所を
いりんとそみつおそ哀れといへる所しらふかりつも
をかとも我心ろくめ川らしく志ささそられてうちぎん
ける小もすゝしくあるこゝち興し侍るにや此百
首にも新勅撰にも入られ侍わんおよりは此さる故
あるんとは知りふへし なお我祠深数なくらう

後鳥羽院

1 られて—ナシ
2 こゝち—心の
3 さる故—さゆへ

99

ひともをし人もうらめしあちきなく
よをおもふゆへに物おもふ身ハ

此歌ハ至尊のかろしむる[1]ところ乃世なれ
はすをおほしめして御述懐なされ人もをし
人をうらめし思ふハ世の中の[2]人をもをしくすて世を
おさまりかたきをなげきたまへるまやみひとつれ上
すてをこれハよ緒志とおもふ人のみはしき事なれ[3]
あふらう緒なわら義とう緒はあしくあしき[4]所ハ
うらめしきをうちあらせてあち気なくとゆの結
へ緒あらは誠[5]ことふよのおさまりかたきハ君乃御
物おもひなる身ハ哀すゑをりんへらん

1 かろしむる—かろしめ
2 の—ナシ
3 の—ナシ
4 あしき—又あしき
5 まことに—誠

順徳院

100

もゝしきやふるきのきはのしのふにも[1]
なほあまりあるむかしなりけり

もゝしきとうちいひつる五文字ハ[2]大うちをみよし
ゐやこ初瀬やなとといふ中はうはかはりたる所のこと
こもあるなれ心ハ王道のすたれゆくをなけきおほし
めし義也すゑし代よりむかしハむかしをしのふハふるきひ
なるへし王道おとろへてハ一方の法上ふるき天下
りんしけにあ飛ハ志のふといふにもあはれなわ
あ[3]るハ心をのへたまへる所あはれ深うきとくなんとけれ
御意ハいつまても皇[4]道よかんたま[5]へる内に上たれけれ

1 にも―草にも
2 は―ナシ
3 ある―あるといふ
4 皇道―王道の心
5 たまへる内―たまへりその内

1 はれるなりよくおもひさとるへし―ナシ

風と雨世北風とのはくさうえ[1]あるなりよくおもひ
はと添へしとそ侍し

此一巻ハ東野州承佐すわれ歌の説をうけて
まんく/\くふうをめくらすとゝ御よゑの三小同
候しゆはゝのふまへしをも比古に伝しゆれ尊
すて明ふくれ侍を旅行小わたともなひわたし
山の露をわけしひ老涙さへの袖をひたす和哥の
心をうつしまゐらせはなふかきよしをやりしめ
く伊勢のうみのむれひろひをわすれしなまひ
りんゐるなり

明応二年四月廿日　宗祇在判

検印
省略

影印本 百人一首抄 〈宗祇抄〉 改訂版

昭和四十四年十一月十五日 初版第一刷発行
平成十三年四月三十日 改訂版第五刷発行
平成二十一年十月三十日 オンデマンド版一刷発行
平成二十六年四月三十日 オンデマンド版三刷発行

編者 吉田幸一

発行者 池田圭子
印刷者 山岡景仁
発行所 有限会社 笠間書院
東京都千代田区猿楽町二―二―三
電話東京（三二九五）一三三一
振替口座〇〇一一〇―一―五六〇〇二
ISBN978-4-305-00101-6 C3095 三美印刷・笠間製本所